The PRINCE and the PAUPER

王子与贫儿

〔美〕马克·吐温 著　　王岑卉 译

天津出版传媒集团
天津人民出版社

果麦文化 出品

Catalogue 目录

引子

我要讲个故事，这个故事是从别人那里听来的，那人是从他爸爸那里听来的，他爸爸是从他爷爷那里听来的，他爷爷又是从他太爷爷那里听来的。故事就这么父子相传，流传了三百多年，一直传到今天。它也许是史实，也许只是传说；也许发生过，也许没发生过，但很有可能发生过；也许会有博学睿智的聪明人相信，也许只有无知单纯的老百姓喜欢。

Chapter 01

降临人世

十六世纪上半叶的某个秋天，在古老的伦敦城里，有个姓康泰的穷苦人家生了个男孩，但家里人一点儿也不欢迎他。就在同一天，有个姓都铎的富贵人家也生了个男孩，不但家里人欢迎他，全英国人都为他欢呼雀跃。大家对这个孩子期待已久，甚至为此向上天祈祷。如今他真的降临人世，大家高兴得简直要发狂了。就连只有一面之交的人都相互拥抱亲吻，同声欢呼。这一天成了全国人民的节日。无论贫富贵贱，人人都开怀畅饮，载歌载舞，一醉方休。不分昼夜的狂欢持续了好几天。白天的伦敦真是热闹非凡，家家户户的阳台、屋顶上都彩旗飘飘，大街上随处可见盛大的巡游队伍。夜幕下的伦敦也是一派喜气，街头巷尾都燃起了熊熊篝火，人们围着火堆痛饮狂欢。全国上下所有的话题都围绕着一个人，那就是新生的婴儿——

威尔士亲王[1]爱德华·都铎。他裹在绫罗绸缎里，对外面的热闹浑然不觉，也不知道有多少侍臣命妇在伺候自己，当然也毫不在乎。而另一个婴儿——汤姆·康泰，裹在破布烂絮里，除了家人之外根本没人提起。他来到人间，只是给穷困潦倒的一大家子添麻烦。

1. “威尔士亲王”是英国王太子的封号，英国国王通常会将这个头衔赐予自己的长子。——本书中的注释均为译者注

Chapter 02
幼年汤姆

一晃若干年过去了。

伦敦已有一千五百年历史，可以算是当时的大型城市。城里有十万居民，也有人说是二十万。街道狭窄曲折，脏乱不堪，尤其是汤姆·康泰住的地方。那儿离伦敦桥不远，房子都是木头搭的，二楼比一楼宽，三楼又比二楼宽，越往上就越臃肿。房子的骨架用木桩交叉钉起，中间填上结实的材料，外面再抹上灰泥。主人照着自己的喜好，把木桩漆成红的、蓝的或者黑的，使房子看上去别有风味。小小的窗户上嵌着菱形窗格，像门一样装了铰链，可以朝外推开。

汤姆住在普丁巷巷尾一个叫“垃圾大院”的地方。那栋房子又小又破，摇摇欲坠，里面挤满了穷得叮当响的可怜人家。康泰一家占了三楼的一间屋子，屋子角落里有个勉强能叫“床铺”的玩意儿，他的爹妈就睡在上面。汤姆、奶奶和两个姐姐（贝蒂和南儿）就自由多了——有整块地板可以任选，想睡哪儿就睡哪儿。地上有一两条不成样的破毯子，还有几捆脏兮兮的烂稻草，乱七八糟的，根本不能叫作“床铺”。这些玩意儿白天被踢成一堆，晚上再翻出来垫着盖着。

贝蒂和南儿是双胞胎姐妹，刚刚十五岁。她们心地善良，但穿得破破烂烂，浑身脏兮兮的，极其愚昧无知。她们的妈妈也跟她们一样。她们的老爹和奶奶简直是一对恶魔，常常喝得醉醺醺的，然后不是彼此大打出手，就是看谁不顺眼就揍谁。不管喝没喝醉，他们都满嘴脏话，骂个不停。当爹的约翰·康泰是个扒手，奶奶则是个叫花婆。他们逼着孩子们出去讨钱，还好没把他们也变成贼。

这栋房子里有个住户与众不同。那是一位善良的老神父，名叫安德鲁。他被国王赶出修道院，只拿到了一点点养老金。他经常悄悄把孩子们集合起来，希望能教他们走上正道。安德鲁神父教会了汤姆读书写字，还教了他一点儿拉丁文。他本来也打算教贝蒂和南儿的，但两个姑娘怕被小伙伴笑话——那些人可受不了女孩子家家的学这些鬼玩意儿。

整个“垃圾大院”就跟康泰家一样乌烟瘴气。每天晚上都会有醉酒、喧闹和争吵，有时甚至会持续一整夜。在那里，打破头和饿肚皮一样司空见惯。不过，小汤姆倒没觉得有啥不好。日子过得挺艰难，但他并没有意识到。“垃圾大院”里的孩子们都是这么过的，所以他觉得日子就该这么过。他知道，要是自己晚上两手空空回家，肯定逃不过老爹的一顿打骂，接下来还有奶奶变本加厉的胖揍。他也知道，等到夜深了，妈妈会塞给他一点儿面包渣或面包皮，那是她自己忍饥挨饿省下来的，虽然她经常被丈夫抓个正着，还会为此挨上一顿毒打。

话说回来，汤姆的日子过得挺有滋有味，尤其是在夏天。他会沿街乞讨，只要讨到的东西够填饱肚皮就行。因为禁止乞讨的法律极其严苛，违者将被处以重罚，所以，他有好多时间听善良的安德鲁神父讲故事。故事里有巨人也有精灵，有矮人也有妖魔，有中了魔法的城堡，也有英俊的国王和王子。渐渐地，他的小脑瓜里装满了这些美妙的神话传说。多少个夜晚，他挨揍后浑身酸疼，又累又饿，躺在扎人的稻草堆上，充分发挥想象力。他幻想着奢华宫殿里备受宠爱的王子，幻想着那种惬意的生活，美妙的画面让他很快忘记了皮肉之苦。没过多久，他就冒出了一个念头，那个念头日夜萦绕在他脑海里，那就是亲眼见到一位真正的王子。他跟“垃圾大院”里的小伙伴提起了这个想法，但遭到了无情的嘲弄和耻笑。在那之后，他就把这个念头埋在了心底。

汤姆经常读神父的旧书，看不懂的地方就请神父讲解。幻想加上读书，让他渐渐发生了变化。幻想的人物衣着光鲜，自己却是衣衫褴褛，他不禁唉声叹气，希望自己也能穿体面些、干净些。他还跟以前一样爱在烂泥里打滚，玩得乐不可支，但现在去泰晤士河游泳已经不仅仅是为了好玩儿，他还发现了另外一个好处——河水还能把身子冲洗干净。

汤姆经常去齐普赛街的五朔节花柱周围和市集上看热闹，时而还会跟其他伦敦人一起看见卫兵押着倒了霉的大人物，从陆路或水路前往伦敦塔。有一年夏天，他目睹可怜的安妮·阿斯丘和三个男人被活活烧死在史密斯菲尔德广场的火刑柱上，还看到某位前任主教给他们布道，不过汤姆对那番长篇大论一点儿兴趣也没有。没错，总的来说，汤姆的日子过得还算有滋有味。

日子一天天过去，从书里读到的和幻想中的王子生活，渐渐对汤姆产生了影响。他往往在不知不觉中扮起了王子，言行举止变得文质彬彬、温文尔雅，让小伙伴们既好奇又羡慕。他在孩子们中间也有了声望，大家都满怀敬畏地仰望他，觉得他高深莫测。他懂的东西那么多！他的举止那么高雅！说话也文绉绉的！还有，他那么见多识广，想问题那么深刻！孩子们把汤姆的一言一行讲给大人听，于是大人们也开始谈论汤姆·康泰，认为他是个天赋异禀的小天才。大人们遇到难题也会来请教汤姆，常常为这孩子的聪明果断惊叹不已。事实上，所有认识汤姆的人都视他为英雄，只有家里人觉得他一文不值。

没过多久，汤姆竟然有了自己的小朝廷！他当王子，小伙伴们有的当卫兵，有的当侍从，有的当武官，有的当侍臣命妇，还有的当王室成员。每天，这位假王子都要模仿从书里读到的烦琐仪式，接受文武百官的朝拜；每天，御前会议都要商讨这个空想王国的政务大事；每天，这位空头殿下都要向想象中的陆军、海军和各地总督发号施令。

不过，早朝结束后，他还得穿上破衣裳沿街乞讨，啃少得可怜的面包皮，每天晚上照样挨打挨骂，然后躺在脏兮兮的稻草铺上，到梦里去享荣华富贵。

他还是盼着亲眼见到活生生的王子。随着时间的推移，这个心愿渐渐膨胀，超越其他一切，成了他唯一热衷的事。

一月里的一天，他像往常一样出门乞讨，没精打采地在民辛巷和小东齐普赛街一带游荡。他打着赤脚，冷得抖抖索索，游荡了好几个小时，直往食品店的橱窗里瞧，好想吃上一口那些贵得吓人的猪肉馅饼和其他令人垂涎三尺的展示品。他觉得，那些珍馐美味只有天使才配得上享用。这是他靠闻到的香味推断的，因为他根本没福气尝上一口。天阴沉沉的，冷雨淅沥，浓雾弥漫，汤姆晚上回到家的时候，已是浑身湿透，又累又饿。看见他那凄惨的小模样，就连老爹和奶奶也动容了——当然，是以他们特有的方式。他们干脆地扇了他一巴掌，就打发他上床睡觉去了。

身上疼痛难忍，肚子咕咕直叫，加上房子里此起彼伏的叫骂打闹，汤姆好长一段时间都睡不着。最后，他的思绪终于飘向了遥远的国度，梦见了浑身珠光宝气的王子。王子住在金碧辉煌的宫殿里，仆人们不是忙着鞠躬致敬，就是飞奔前去执行刚接到的命令。像往常一样，汤姆梦见自己就是那位王子。

整个晚上他在王宫里享尽荣华，大臣命妇簇拥，周围烛火通明，衣香鬓影，觥筹交错，仙乐飘飘。锦衣华服的达官贵人纷纷为他让路，毕恭毕敬地鞠躬，他则面带微笑，时不时颔首致意，显得高贵不凡。

第二天一早，他悠悠醒来，眼前还是一幅凄惨的景象。有了美梦的鲜明对比，他身边的一切显得更脏更邋遢了。随之而来的自然是痛苦、伤心和泪水。

Chapter 03

初见王子

汤姆饥肠辘辘地爬起来，肚子空空地出了门，满脑子都是昨晚梦里的美好景象。他在城里游来晃去，压根没意识到自己走到了哪里，更不在乎周围发生了什么事。有人推搡他，有人咒骂他，但做着白日梦的汤姆完全没往心里去。不一会儿，他就走到了分隔伦敦旧城和威斯敏斯特宫的坦普尔门，他以前从来没朝这个方向走过这么远。他停下脚步想了想，接着又陷入了白日梦，继续向前走去，走出了伦敦旧城的城墙。斯特兰德街已经不再是乡间小道，现在可以勉强称为“大街”了。说是“勉强称为”，是因为虽说街的一边房屋稠密，但另一边只有零星几栋高大建筑——那是有钱人家的大宅，宽大的庭院一直延伸到河边。如今，那些庭院已经被密密麻麻的砖房和石屋占满了。

没过多久，汤姆就走到了查令村，在十字碑下面歇了歇脚。那座十字碑是早年一位遭遇丧妻之痛的国王下令修建的。随后，他优哉游哉地沿着一条幽静宜人的小路往前走，经过大主教富丽堂皇的宅邸，走向另一座更加宏伟的建筑——威斯敏斯特宫。汤姆惊喜万分地打量着这栋庞大的砖石建筑，向两边延展的翼廊，高耸的塔楼和钟楼，巨大的石头拱门，漆金的门栅，花岗岩雕刻的雄狮，还有其他许多英国王室的象征。难道说他的心愿终于要成真了？这是真正的王宫啊！要是老天开眼，他说不定能亲眼见到一位活生生的王子呢！

镀金大门两旁各站着一名全副武装的卫兵，就像两尊有血有肉的雕塑。他们身披闪闪发亮的盔甲，昂首挺胸，庄严肃穆，一动不动地站在那儿。许多城里人和乡巴佬恭恭敬敬地站在远处，指望在王室成员露面时能瞥上一眼。奢华的马车载着达官贵人，旁边跟着衣着光鲜的侍从，从另外几扇宫门进进出出。

可怜的小汤姆穿着破衣烂衫，战战兢兢地朝大门一点点挪过去。经过两位卫兵身边的时候，他的心虽然怦怦直跳，但也充满了希望。突然之间，他看着镀金门栅另一边，差点就欢呼起来。那是个英俊的少年，皮肤晒得黝黑，一看就经常在户外活动。他身穿绫罗绸缎，佩戴闪亮珠宝，腰挎镶宝石的短刀长剑，脚蹬精致的半高统靴，鞋跟是炫目的大红色，头戴华丽的猩红软帽，顶上有颗闪闪发光的大宝石，别着几根微微下垂的羽毛。他身边站着几位衣饰光鲜的男子，毫无疑问是他的仆人。噢！他肯定是王子，真正的王子，活生生的王子，这一点不容置疑！小叫花诚心的祈祷终于应验了！

汤姆激动万分，惊喜地瞪大了眼睛，呼吸也变得急促起来。他心里只剩下一个念头，那就是离王子近一些，好好看个清楚。不知不觉中，他已经把脸贴在了门栅栏上。卫兵猛地拽住了他，接着一把推开。他像陀螺似的滴溜溜直转，滚到了看热闹的人堆里。只听那卫兵大吼："滚开，小叫花子！"

看热闹的人哄堂大笑。王子却冲到门口，小脸涨得通红，眼中怒火熊熊，义愤填膺地大喊："你竟敢欺负这么可怜的小孩？你竟敢这么对待我父王的子民？赶紧开门，让他进来！"

你真该瞧瞧周围那帮见风使舵的势利小人！只见他们纷纷脱帽致敬，齐声高呼："王子殿下万岁！"

两名卫兵立刻举戟敬礼，打开大门让汤姆进去。当破衣烂衫的"叫花王子"跟衣饰华贵的王子殿下握手时，卫兵又敬了一个礼。

爱德华·都铎先开了口："让你受委屈了。你看着又累又饿，跟我来吧。”

说时迟那时快，马上有五六个侍从冲上前来——我也不知他们要干吗，但毫无疑问是想劝阻。王子颇有皇家派头地摆了摆手，让他们统统退下。那些人只好停在原地，像雕塑似的一动不动。王子带汤姆走进宫里一个富丽堂皇的房间，说那是他的寝宫，又命人送上珍馐佳肴。那些东西汤姆以前只在书里见过，这回总算是见到真的了。王子颇有风度地遣开仆人，免得他们在旁边评头论足，害得出身卑贱的小客人难堪。接着，他坐在汤姆身边，在汤姆狼吞虎咽的时候问问题。

“你叫什么名字呀，小伙子？”

“回禀殿下，我叫汤姆·康泰。”

“这名字真怪。你住在哪里？”

“回禀殿下，在旧城里，那地方叫垃圾大院，普丁巷走到头就是。”

“垃圾大院！这名字也够怪的。父母都还健在吗？”

“都在的，殿下，我还有个奶奶——请恕我直言，反正有没有也没啥差别——还有两个姐姐，南儿和贝蒂，她俩是双胞胎。”

“我猜奶奶对你不太好吧？”

“殿下明鉴，她对谁都不好。她一肚子坏水，整天净干坏事。”

“她欺负你了？”

“她睡着了或者喝多了才会停手，但只要醒过来，就对我一顿暴打。”

小王子顿时怒不可遏，大声嚷嚷起来：“什么？！暴打？！”

“对啊，殿下明鉴。”

“暴打？但你个头这么小，身子这么弱。听好了，今天天黑之前，她就会被关进伦敦塔。我父王……”

“您忘了，殿下，她只是个下等人，塔里是专门关大老爷的。”

“哦，也对，我一时忘了。我会想想怎么处置她的。那你父亲对你好吗？”

“不比奶奶好多少，殿下。”

“看来天底下的父亲都一样。我父王脾气也不好，下手可狠了。不过他不打我，最多说两句。那你母亲呢？”

“她对我很好，不让我难过，也不叫我吃苦。南儿和贝蒂跟她一样。”

“她们多大了？”

“回禀殿下，十五岁。”

“我姐姐伊丽莎白十四岁，表亲简·格雷跟我同岁。

她们长得漂亮，对我也好。不过，我还有个姐姐玛丽，老是阴沉着一张脸——我问你啊，你姐姐是不是也不准仆人笑，说那会毒害她们的灵魂？”

“您说我姐姐？哦，殿下，她们哪来的仆人啊？”

小王子严肃地盯着小叫花看了好一会儿，才开口说道：“说真的，怎么会没有？那晚上谁帮她们脱衣服？早上谁帮她们梳妆打扮呀？”

“没人啊，殿下。难不成要她们脱了衣服，跟牲口似的光着身子睡觉？”

“光着身子？难道她们只有一件衣服？”

“对啊，尊贵的殿下，要那么多衣服干吗？反正身子就一个！”

“这个想法真怪！抱歉，我不是故意要笑的。不过，南儿和贝蒂心肠好，就该有漂亮衣服和贴身仆人，而且很快就会有了——我会吩咐内务总管去办的。不用谢，这又没什么。你挺会说话的，用词也文雅，念过书吗？”

“我也不知算不算念过书，殿下。好心的安德鲁神父教我读过他的书。”

“那你懂拉丁语吗？”

“只懂一点点，殿下，我也说不好。”

“好好学吧，小家伙，拉丁语学起来只是开头难，希腊语比它难多了。不过，对伊丽莎白和简来说，世上就没有哪种语言是难学的。你真该听听那两个姑娘讲外语的！对了，还是讲讲垃圾大院吧，你在那里过得快活吗？”

“说实话，殿下，只要不饿肚子，都挺快活的。那里有木偶戏看，还有耍猴的——噢，那些小家伙真有意思！穿得可神气了！还有演戏的，在台上又是喊又是打，打到所有人都死光光，看一场只要一个铜板——不过挣一个铜板可不容易呢，殿下明鉴。”

“接着说呀。”

“垃圾大院的孩子有时候爱拿棍子对打，就跟演戏的一样。”

王子的眼睛一下子亮了起来：“哇，这个我喜欢。再多说说吧。”

“我们还赛跑，殿下，看谁跑得快。”

“这个我也喜欢，继续说。”

“夏天的时候，我们会跑到水沟和河里游泳，把旁边的人往水里按，拿水泼来泼去，又是扎猛子，又是大声嚷嚷，又是翻跟头……”

“啊，要是能这么玩上一回，拿我父王的江山来换都行啊！接着说吧。”

“我们会绕着齐普赛街的五朔节花柱又唱又跳，还会在沙滩上玩游戏，用沙子把旁边的人埋起来，有时候还拿泥巴做糕饼——啊，泥巴真是个好东西，世上没有比它好玩的了！殿下，请恕我冒昧，我们简直是在泥堆里滚大的。”

“哎呀，别说了，真是太好玩了！要是我能穿上你的衣服，打个赤脚，在泥堆里滚上一回，没人骂我，没人拦着，那该多好啊！哪怕一次也好啊。我连王位都可以不要了！”

“啊，尊贵的王子殿下，我要是能穿上您的衣服，哪怕一次也好……”

“哦，你想穿吗？那就这样吧！小家伙，把你的破衣裳脱下来，换上这身高级货！虽然只能玩一小会儿，但还是能过把瘾的。我们就痛痛快快地玩一会儿吧，只要在别人发现之前换回来就行。”

几分钟后，王子换上了汤姆的破衣烂衫，汤姆则穿上了王子的锦衣华服。两个人肩并肩站到大镜子前面，噢，奇迹出现了——他们看起来就像根本没换过衣服似的！他们彼此打量了一番，然后盯着镜子看，接着又大眼瞪小眼。最后，困惑不已的王子开了口：“你觉得怎么样？”

“啊，尊贵的殿下，请别让我回答这个问题。小人身份低微，可不敢胡说。”

“那我说好了。你跟我头发一样，眼睛一样，声音一样，长相一样，身材一样，脸也一样。要是我们都光着身子，谁也看不出哪个是你，哪个是我。哈，我现在换上你的衣服，好像更能体会你的感受了，就是那个野蛮的卫兵推你的时候——哎呀，你的手受伤了！”

“对，只是小小的擦伤啦。殿下明鉴，那卫兵也挺可怜……”

“不用说了！真是太卑鄙，太野蛮了！”小王子光着脚丫，跺着脚大声嚷嚷，“要是我父王知道了——你待在这儿别动，我马上就回来！这是命令！”

说完，他抓起桌上的一样重要物品收好，接着便冲出房门，穿过王宫的庭院。只见他小脸涨得通红，眼中怒火熊熊，破衣烂衫在身后随风飘荡。他一跑到大门口，就抓住栅栏，边摇晃边喊：“开门！快开门！”

刚才欺负汤姆的卫兵马上打开门。怒气冲天的小王子刚冲出门口，那卫兵就给了他一巴掌，打得他骨碌骨碌滚到路边。接着，那人恶狠狠地吼道：“这巴掌赏你了，小叫花子！竟敢害我在王子殿下面前出丑！”

周围看热闹的人哈哈大笑。王子挣扎着从烂泥里爬起来，愤怒地冲卫兵大喊：“我是威尔士亲王，御体神圣不可侵犯！你竟敢打我，罪当处死！”

卫兵举戟敬礼，讥讽地说：“向高贵的殿下致敬！”接着怒吼道：“快滚，你这疯小子！”

看热闹的家伙把可怜的小王子团团围住，推搡着他往前走，大声喝着倒彩：“王子殿下驾到！威尔士亲王驾到！”

Chapter 04

王子遇险

经过好几个小时的追逐捉弄，那帮混混终于撇下小王子，让他一个人待着了。小王子冲他们发火的时候，满嘴文绉绉的，大家就当笑料了。等他终于筋疲力尽，没力气开口了，捉弄他的人也就没了兴致，去别处寻开心了。他四处张望，发现完全不认得周围的景物，只知道自己在伦敦城里。他漫无目的地往前走了一会儿，房屋越来越稀疏，路上行人也越来越少。他在一条小溪里冲了冲流血的脚丫，那条小溪就在如今的法灵顿街上。他歇了一会儿，然后继续往前走，不一会儿就来到一片开阔的空地，只有零零星星几栋房子，还有一座大教堂。这座教堂他倒是认得。

周围搭满了脚手架，还有成群的工人在劳动，因为教堂正在大修。王子顿时打起了精神，觉得自己的苦难终于要到头了。他喃喃说道："这里以前是灰衣修士教堂，我父王从修道士那里接管过来，专门收留穷孩子和流浪儿，改名基督公学。他们肯定乐意接待大恩公的儿子，何况他儿子现在跟这里的孩子一样身无分文，无依无靠。”

他很快就走到一群男孩中间。他们不是跑就是蹦，不是打球就是跳马，总之吵吵嚷嚷的，玩得开心极了。他们打扮得一模一样，当时那在仆人和学徒中很流行——头戴黑色软帽，跟茶碟差不多大，根本遮不住脑袋，也起不了装饰作用；头发从帽檐底下露出来，垂到额头中间，剪成齐刘海；脖子上围着牧师戴的那种硬领；蓝色长袍裹在身上，下摆垂到膝盖下面，袖子宽宽大大；红色宽腰带，亮黄色长袜，系着吊袜带，固定在膝盖上方，低帮鞋上镶着金属纽扣。这身打扮可真够难看的。

男孩们停止玩闹，把王子团团围住。王子用高高在上的口气说：“好孩子，找这里管事的通报一声，就说爱德华王子要见他。”

大家哄堂大笑，有个粗鲁的家伙嚷嚷着：“哎哟，小叫花子，你是王子殿下派来的？”

王子气得满脸通红，习惯性地伸手摸剑，但什么也没摸到。这又引起了一阵哄笑。有个男孩说：“瞧瞧，他还假装挎着剑呢，真当自己是王子！”

笑声比刚才更响了。可怜的爱德华昂首挺胸，大声说道："我本来就是王子。你们受了我父王的恩惠，不该对我这么没礼貌的。"

这话实在太有意思了，引起的笑声一浪高过一浪。最先开口的男孩冲着小伙伴们大吼："嘿，你们这群小畜生，受了王子殿下父王的恩惠，怎么一点儿礼貌都没有？你们这群刁民，还不快快跪下，拜见王子殿下和他的破衣裳！"

大家马上双膝跪地，狂笑着给王子敬礼。王子一脚踹开离他最近的男孩，怒吼着："这脚赏你了！等明天再赏你上绞架！"

哎哟，这可不是开玩笑，也一点儿都不好玩了。笑声戛然而止，讥讽化作了愤怒。十几个男孩嚷嚷起来："拖他过去！拖到洗马池，扔他进去！放狗！上呀！虎子，尖牙，快上！"

接下来是英国史上从未有过的事——王位继承人的神圣之躯惨遭平民暴打，又惨遭恶狗撕咬。

等到夜幕降临的时候，王子发现自己走到了城里房屋稠密的地方。他浑身青肿，双手流血，破衣服上也糊满了泥巴。他恍恍惚惚地朝前走，越走越搞不清方向，身子疲惫，脑袋又晕，两条腿都不听使唤了。他再也不敢找人帮忙了，因为从别人那里什么也得不到，只会招来羞辱讽刺。他不停地喃喃自语："垃圾大院——对，就是叫这个。只要在累趴下之前找到那里，我就有救了。他家里人会带我去王宫，证明我不是他们家的，而是真正的王子，到时我就能恢复身份了。"他时不时会想起，基督公学的那帮野孩子是怎么对待自己的，心中暗想："等我当了国王，不但要让他们吃饱穿暖，还要让他们念书受教育。因为要是脑袋空空，光填饱肚子也没多大意义。我会记住这个教训，永远也不会忘掉今天学到的一课，牢牢记住我的百姓在吃苦受难。学习能让人变得善良，变得仁慈。"

天渐渐黑下来，雨滴滴答答往下落，风也呼呼刮了起来，凄风苦雨的夜晚降临了。无家可归的小王子，落魄不堪的王位继承人，还在继续往前走，在迷宫似的肮脏小巷里穿行，这些巷子里聚集了无数穷苦百姓。

突然，有个醉醺醺的壮汉一把揪住他，嚷嚷着："又搞到这么晚才回来！老子一看就知道，你一个铜板也没讨回来！要不拆了你这身贱骨头，老子就不叫约翰·康泰！"

王子拼命挣脱出来，下意识地掸了掸肩膀，急吼吼地问："噢，你就是他父亲吧？感谢上帝——你能把他带回来，让我恢复身份吗？"

"什么'他'父亲？你小子说啥呢，老子可听不懂。俺是'你'老爹。待会儿你小子就会尝到……"

“哎呀，别说笑，别废话，别耽搁了！我都累死了，又受了伤，实在撑不下去了。带我去找我父王，他会赏你一大堆钱的。相信我，先生，相信我！我没撒谎，全是真话！救救我吧！我真是威尔士亲王！”

那男人吃了一惊，低头细细打量了他一番，接着摇了摇头，嘴里嘟囔着：“真是疯了，疯得透透的！”接着，他又一把揪住王子，粗俗地哈哈大笑，嘴里不干不净地说：“管他疯没疯呢，你奶奶和老子都会拆了你的贱骨头，不然老子就不算男子汉！”

说完，他就拽起气得发狂、狠命挣扎的王子，消失在了前院里，后面跟着一大帮兴高采烈、叽叽喳喳的混混。

Chapter 05
误认王子

汤姆·康泰一个人留在王子的寝宫里，趁此机会好好享受了一番。他站在大镜子跟前，左转转右转转，欣赏身上的锦衣华服，然后学着王子的派头，往前走了两步，边走边盯着镜子看效果。接着，他抽出精巧的佩剑，鞠了个躬，亲吻刀锋，再把长剑横搁在胸前。大概五六个礼拜之前，他看见一位高贵的骑士把诺福克公爵和萨里伯爵押往伦敦塔，就是这么冲伦敦塔的看守敬礼的。汤姆一边摆弄挎在腰间的镶宝石短刀，一边仔细打量屋里奢华精美的饰物，又在每把美轮美奂的扶手椅上坐了坐，想着要是垃圾大院的那帮家伙能看到就好了。要是他回家后把这个故事讲给大家听，他们会不会信呢？他们会不会只是摇摇头，说他想象力太丰富，最终害得他疯掉了？

过了半小时，汤姆突然意识到王子已经离开好久了，顿时觉得孤单寂寞。他竖起耳朵听着门外的动静，盼着王子赶紧回来，也不摆弄身边的漂亮玩意儿了。他先是心神不定，接着坐立不安，最后痛苦不堪，生怕有人闯进来，看见他穿着王子的衣服，王子又不在身边，没法帮他解释。他们会不会先吊死他，再去调查是怎么回事？他听说大人物处理小事一向是这么干脆。他越想越怕，浑身哆嗦，便轻轻推开通往前厅的门，打算冲出去找王子，求他保护自己，放自己回去。门刚一推开，六名衣着华丽的男仆，还有两个穿得跟花蝴蝶似的高级侍童，马上蹦了起来，对他深鞠一躬。汤姆赶紧退了回去，关上房门，喃喃自语："噢，他们肯定是故意笑话我！他们会跑去报告别人的。噢，我干吗要跑来这里送死啊？"

他急得在屋里团团转，心中充满莫名的恐惧，竖起耳朵听着外头的动静，只要有一点儿响动就心惊胆战。门突然开了，一个穿丝绸制服的小侍从大声禀报："简·格雷公主驾到。"

门关上了，一个衣饰精美、温柔可爱的小姑娘蹦蹦跳跳地朝他走来。突然，她停下脚步，略显担忧地问道："王子殿下，您还好吗？"

汤姆吓得气都喘不上来了，但还是拼尽全力，结结巴巴地说："啊，您就放过我吧！我又不是王子殿下，只是住在城里垃圾大院的汤姆·康泰。请让我见见王子殿下，殿下会把破衣裳还我，放我回家的。噢，您就行行好，救救我吧！”

汤姆边恳求边双膝跪地，惊恐地高举双手。小姑娘吓了一跳，大声嚷嚷起来：“噢，殿下，您怎么跪下了？您怎么给我下跪啊！”

她吓得掉头就跑。汤姆完全绝望了，顿时瘫倒在地，嘴里嘟囔着：“完了，完了，他们马上就要来抓我了。”

当他惊恐万状地瘫软在地的时候，可怕的消息已经传遍了宫里每个角落。大家窃窃私语——宫里的小道消息通常都是这么传开的——从仆人传到侍从，从大臣传到贵妇，沿着长长的走廊，从上一层楼传到下一层楼，从一间厅堂传到另一间厅堂。“王子疯了，王子疯了！”很快，每间厅堂，每个铺大理石的大厅，都聚起了一群群珠光宝气的大臣贵妇，还有一群群衣饰光鲜的下等仆人。大家都焦急地议论纷纷，每张脸上都写满了惊恐。不一会儿，一位衣着华贵的官员穿过人群，严肃地宣布：“国王陛下有旨！切勿听信谣言，切勿私下谈论，切勿对外张扬，违者处死！钦此！”

叽叽喳喳的议论声戛然而止，就像所有人一下子都变成了哑巴。

没过多久，走廊上又响起了一阵窃窃私语：“王子！瞧呀，王子过来了！”

可怜的小汤姆慢慢穿过人群，不知所措地打量着周围的古怪场面。人们纷纷向他鞠躬致敬，他也就试着逐一回礼。幸好有几位大臣在旁边扶着，他才没瘫软下去。他身后还跟着御医和几名仆人。

不一会儿，汤姆就发现自己走进了一间富丽堂皇的房间，又听见门在身后关上了。陪他一起过来的人都站在他身边。他前方不远处的床榻上，斜倚着一个身材魁梧的胖男人。那人一脸横肉，不怒而威；头发斑白，连鬓胡子也是花白的；衣着华贵，看得出用的是上等布料，但已经穿旧了，好些地方都有磨损的痕迹。他的一条腿缠着绷带，肿得老高，下面垫了个枕头。屋里鸦雀无声，除了床上那个男人，所有人都毕恭毕敬地垂着头。这位不怒而威的病人就是万民敬畏的亨利八世。他一开口，脸上的表情就柔和了不少：“爱德华，朕的小王子，你怎么了？父王这么爱你，这么疼你，你这是故意逗父王玩儿的吧？”

可怜的汤姆脑子里一片糨糊，开始还能保持镇定，等到“父王”这两字飘进耳朵，脸色一下子变得煞白，就像被箭射中了似的，跪倒在地，高举双手，大声嚷嚷：“您就是国王？那我彻底完了！”

这番话让国王目瞪口呆。他一脸困惑地看了看四周，最后目光落在了汤姆身上，无比沮丧地说道：“唉，朕还以为只是谣言，看来恐怕不得不信了。”他重重叹了口气，接着温柔地说：“孩子，来父王这边，你真的病了。”

汤姆被人扶起，搀到国王面前。他心惊胆战，浑身发抖。国王捧起他那惊恐的小脸，慈爱地凝视了好一会儿，想要找出理智恢复的迹象。接着，他把那满头鬈发的小脑袋搂在胸前，温柔地拍了拍。过了一会儿，他才开口说道：“孩子，你连父王都不认得了？别伤你老爹的心了，快说你认得朕。你认得朕，对吧？”

“当然认得，您是万民敬畏的国王陛下，天佑吾王！”

“对，对，那就好。别害怕，别抖了。这里没有人会伤害你的，每个人都很爱你。你现在好多了，噩梦已经过去了，对吧？他们说你刚才都不知道自己是谁了，现在好了吧？”

“回禀陛下，请您相信我，我刚才说的全是实话。我是您最卑贱的子民，生下来就是个穷小子，只是碰巧来了宫里，这真不是我的错啊！我年纪还小，还不想死呢！求您行行好，饶了我吧。噢，陛下，求您开恩，饶我一死吧！”

“死？可别说这种话，小乖乖——好了，好了，别担心了——朕不会让你死的！”

汤姆立刻跪倒在地，大声欢呼：“噢，仁慈的陛下，上帝保佑您！祝您福寿安康，万寿无疆！”说完，他就蹦了起来，兴奋地冲身边的两位侍臣说：“你们听见了吧！我不会死了，陛下亲口说的！”两人恭恭敬敬地鞠了一躬，但谁也没说话。汤姆迟疑了一下，有点摸不着头脑，接着怯怯地转过身，对国王说：“那我现在可以走了吧？”

“走？当然可以啊，只要你想走，随时可以走。但多在这里待一会儿不好吗？你想去哪儿呢？”

汤姆垂下眼帘，毕恭毕敬地回答：“大概是我搞错了，我还以为我已经自由了，所以想回家了。那里虽然破破烂烂，但毕竟是我的家啊。我生在那儿，长在那儿，我娘和姐姐都住在那儿。宫里虽然很好，但我实在待不惯——噢，求求您了，陛下，就让我走吧！”

国王好半天没有说话，陷入了深思。他的表情越来越焦虑，越来越不安，过了一会儿才开口：“说不定他只是在这一点上犯糊涂了，其他方面还是正常的。上帝保佑！我们再试试吧。”显然，他还心存希望。

他用拉丁语问了汤姆一个问题，汤姆用蹩脚的拉丁语答了出来。大臣和御医听完也相当满意。国王问道：“他说得没有平常好，但这只说明他精神有问题，不至于伤及性命。大夫，你觉得呢？”

御医深深鞠了一躬，答道：“陛下英明，依微臣愚见，正是如此。”

得到了权威人士的认可，国王喜形于色，高兴地说：“众卿家请注意，我们再来试试。”

他又用法语问了汤姆一个问题。汤姆尴尬极了，在众目睽睽之下半晌没说出话来，最后才怯生生地说：“启禀陛下，这话我听不懂。”

国王的身子往后一仰，侍从赶忙上前搀扶。但国王摆摆手让他们退下，说道：“没事的，坏血病害得朕头晕罢了。扶朕起来！好了，就这样吧。孩子，过来。对，把可怜的小脑袋靠在父王胸口，别担心了。你很快就会好起来的。这只是一时的，别怕，很快就会好起来的。”随后，他扭头看着周围的人，慈爱的表情消失了，眼睛里放出凶光：“你们都给朕听好了！朕的儿子是疯了，但只是一时的。都怪他念书太多，老师管得太严！什么书呀，老师呀，全滚一边去！你们赶紧去办。让他痛痛快快地玩，好赶紧恢复健康。”国王撑起身子，大声说：“他是疯了，但他还是朕的儿子，是英国王位继承人。不管疯不疯，他都会当国王！你们全都给朕听好了，谁要敢把这事传出去，扰乱国家秩序，就得上绞刑架！……快拿点水来——

朕心里烧得慌，这事害得朕浑身没力气……好了，杯子拿开。扶朕起来。好了，这样就好多了。他是疯了，对吧？但就算疯上一千倍，他还是威尔士亲王，是朕指定的继承人。明天朕就按传统仪式立他为王储。赫特福德伯爵，现在就传旨下去。”

一名贵族跪倒在御榻前，禀告说：“陛下明鉴，世袭纹章院院长现在被关在伦敦塔里，让他主持大典似乎……”

“够了！别再让朕听见那个可恶的名字。难道那家伙还要永远活下去？难道因为这个朕就要改主意？难道纹章院院长大逆不道，就要耽误朕立王储？看在上帝的分儿上，才不会呢！通知议会，明天日出前就把那家伙砍了，否则朕唯他们是问！”

赫特福德伯爵马上说：“谨遵圣意！”然后起身归位。

老国王的怒气渐渐平息，轻声对汤姆说：“来亲亲父王吧，孩子。这就对了……你怕什么呀？朕难道不是你最亲的父王吗？”

“仁慈伟大的陛下，您对我太好了，但我知道，我实在配不上。但是——但是——想到有人要没命了，我就难过，而且……”

“啊，你一点儿也没变，一点儿也没变！朕就知道，你还是那么仁慈。虽然你精神出了点问题，但心肠还是那么好。那家伙有辱你的荣誉，朕会另找个合适人选。放心吧，孩子，这种事用不着你操心。”

“可是陛下，是我害他早早送命的。要不是因为我，他还能活好久吧？”

“别想这个了，孩子，这家伙不值得你费心。再亲父王一下，然后就去好好玩吧。这病害得朕难受。朕累了，要歇着了。跟你舅舅赫特福德伯爵和那些人出去，等朕身子好些再来吧。”

心情沉重的汤姆被人领着退下了。他本以为能重获自由的，但国王的最后一句话彻底打消了他的希望。他又听见了叽叽喳喳的议论声：“是王子！王子过来了！”

从两排衣装华贵、鞠躬致敬的大臣中间走过时，汤姆的心情越来越沉重。他发现，自己现在被关进了镀金鸟笼，除非老天大发慈悲，让他恢复自由，否则永远只能做个形单影只、无依无靠的小王子。

不管他走到哪里，总能看见诺福克公爵的人头高高挂在空中，那张令人过目难忘的面孔一直责备地盯着他。

他以前的梦境多么美好，现实却如此恐怖！

Chapter 06

从旁提点

汤姆被领进了一间富丽堂皇的房间，大家请他落座，但他说什么也不愿坐，因为身边尽是些达官显贵和年长的大臣。他请他们也坐下，他们却只是鞠躬致谢，嘴里嘟嘟囔囔，谁也没有真的坐下。他本想坚持的，可“舅舅”赫特福德伯爵附在他耳边轻声说：“殿下，请别逼他们了，在您面前落座是不合礼数的。”

就在这时，有人通报圣约翰爵士求见。爵士行礼后说道：“臣奉国王陛下之命前来，有秘事禀报，还望殿下屏退众人，只留赫特福德伯爵一人。”

赫特福德伯爵见汤姆不知所措，就轻声提醒他，如果不想开口就不用开口，做个手势就行了。侍从全都退下后，圣约翰爵士开了口：“陛下有旨，此事关乎国家社稷，还请王子殿下尽可能隐瞒病情，直至彻底康复。简单来说，殿下不得向人否认自己是王子，是英国王位的继承人；必须保住王室尊严，对于一切古老仪式，不得提出异议或有所违抗；不得表示自己出身贫寒，说些异想天开的胡言乱语；应努力回忆本该认识的面孔，即使想不起也要保持镇定，不得表示惊讶或暗示失忆；处理国家大事时，如有不清楚的地方，不得表现慌张，免得旁人看穿，应采纳赫特福德伯爵或微臣的建议。陛下吩咐吾等紧随殿下左右，为殿下排忧解难，直至该项禁令解除。此乃国王陛下旨意。陛下特派微臣问候王子殿下，愿上帝保佑殿下早日康复。”

圣约翰爵士说完后深鞠一躬，退到一旁。汤姆只得无可奈何地说：“王命不可违，必当排除万难，谨遵圣意。”

赫特福德伯爵说：“陛下有旨，王子殿下暂时不用念书，也无须劳心费力，只要多多玩乐即可，以免赴宴时太过疲倦。”

汤姆听了一脸茫然。他见圣约翰爵士忧伤地垂下眼帘，不由得羞愧地涨红了脸。爵士连忙补充说：“殿下不幸失忆，所以才会惊讶。不过不用担心，情况会渐渐好转的，等您彻底康复就好了。赫特福德伯爵刚才提到的宴会，就是两个月前陛下让您参加的城中盛宴。您现在有印象了吗？”

“真抱歉，我实在没印象了。”汤姆吞吞吐吐地说，小脸又涨得通红。

这时，有人通报伊丽莎白和简·格雷两位公主驾到。两位爵士会意地交换了一个眼色，赫特福德伯爵赶忙向门口走去。两位小公主经过他身边时，他压低声音提醒说："两位公主，请尽量顺着他的意思来，他记不起事的时候别太惊讶。他现在连件小事都想不起来，两位见了肯定会难过的。"

与此同时，圣约翰爵士凑到汤姆耳边说："王子殿下，请牢记陛下的旨意。尽可能努力回想，要是实在想不起来，就装出还记得的样子。别让她们看出您跟之前不一样。您知道她们有多关心您，要是看出来会多难过啊。殿下，您需要我和您舅舅留下吗？"

汤姆打了个手势表示同意，嘴里则胡乱嘟囔了两句——他现在已经懂得该怎么应付了。心地单纯的小汤姆已经下定决心，要尽可能遵从国王的旨意。

尽管事先都得到了提醒，但三个年轻人聊天还是会时不时陷入尴尬。事实上，汤姆有好几次险些穿帮，差点就要坦白自己扮演不了这个角色了。幸好伊丽莎白公主处事机敏，总能给他打圆场。两位爵士大人也时刻保持警惕，偶尔会插上一两句，正好救他于水火之中。有一回，简公主抛出一个问题，打了汤姆个猝不及防："殿下，您今天去给王后请安了吗？”

汤姆被问住了，焦躁不安，差点就要信口开河了，幸好有圣约翰爵士接过话茬。他显然经常碰上难题，擅长随机应变。只听他镇定自若、彬彬有礼地答道：“殿下已经去请过安了。说起国王陛下的病情时，王后还宽慰了他一番呢。是吧，殿下？”

汤姆嘟囔了两声表示同意，只觉得心惊肉跳。过了一会儿，听说汤姆暂时不用念书了，简公主连声感叹：“真可惜，太可惜了！您学得那么快。不过话说回来，王子殿下，耐心等等也挺好，用不了多久，您就会像您父亲那么有学问，精通那么多种语言了。”

“我父亲！”汤姆一时放松了警惕，脱口而出，“他连咱们的英国话都讲不好，只有猪圈里打滚的猪猡懂得他讲的是啥。至于学问嘛……”

他抬起头，刚好看见圣约翰爵士投来警告的目光。

他赶紧闭上嘴，脸涨得通红，郁闷地低声说：“啊，我的病犯了，脑袋里乱糟糟的，这可不是对国王陛下不敬啊。”

“我们懂的，王子殿下。”伊丽莎白公主边说边伸出双手，握住了弟弟的小手，温柔又恭敬地说，“别担心，这又不是您的错，全是那病害的。”

“您真会安慰人，亲爱的公主殿下。”汤姆满心感激地说，“还请恕我冒昧，我真要谢谢您呢。”

还有一回，轻率的简公主用希腊语问了汤姆一句什么，还好伊丽莎白公主眼尖，见汤姆一脸茫然，知道这么做太过火了，就顺口用希腊语替他回答了，然后赶紧把话题引开。

时间在愉快的氛围中悄然流逝，出差错的状况越来越少。汤姆见大家都在帮自己，不在意自己失口犯错，也就越来越轻松自在了。听说两位公主会陪他一起参加市长办的宴会，他顿时开心极了，大大松了一口气。因为他知道，在那么多陌生人中间，自己起码不会孤立无援了。要是在一个钟头前，知道两位公主也会一起去，他恐怕会吓得不轻呢。

汤姆的两位“守护天使”，也就是两位爵士大人，整个聊天过程中可没有三个年轻人那么轻松自在。他们感觉就像在危险的河道上给大船领航，深知这项任务绝非儿戏，时刻提防着可能发生的意外。当两位公主准备告辞，仆人通报吉尔福德·达德利爵士求见的时候，两位爵士觉得自己已经尽忠职守，而且筋疲力尽，再也应付不过来了。于是，他们恭恭敬敬地建议汤姆找个托词不要接见，汤姆自然也乐得轻松。不过，简公主听说那位英俊小生被挡在门外，倒是一脸失望。

这时，所有人都陷入了沉默，似乎在等待什么。汤姆完全摸不着头脑，就瞄了一眼赫特福德伯爵。伯爵给了他个暗示，但他还是没弄懂。机灵的伊丽莎白以一贯的优雅从容帮他解了围。她行了个屈膝礼，说道："王子殿下，可否恩准吾等告退？"

汤姆说："当然了，女士们，悉听尊便。两位莅临此处，可谓蓬荜生辉。愿上帝赐福，与尔同在！"他嘴里说着，心中暗笑，"还好我读过一大堆王子的故事，学会了这些文绉绉的说法，还真是没白费！"

等两位浑身珠光宝气的公主离开，汤姆已是疲惫不堪，转身问自己的两位监护人："两位大人，能找个地方让我休息一下吗？"

赫特福德伯爵马上表示："王子殿下，请尽管吩咐，臣等谨遵旨意。您确实需要好好休息，因为很快就要起驾进城了。"

伯爵摇了摇铃，等侍从进来，就吩咐他去请威廉·赫伯特爵士。爵士进屋后，把汤姆引到了里间。汤姆的第一个动作就是伸手拿水杯，但马上有个穿丝绸和天鹅绒制服的仆人单膝跪地，用金托盘把杯子端到他面前。

接着，疲惫不堪的"小囚徒"坐下来，打算把靴子脱了，但又不知这样合不合礼仪，便诚惶诚恐四处打量。立刻有另一名穿丝绸和天鹅绒制服的仆人双膝跪地，帮他脱了靴子。他又打算做另外几件事，但每次都被别人抢了先。最后，他终于放弃了，无可奈何地叹了口气，嘴里嘟囔着："该死的，他们干脆连呼吸都替我来好了！"他任由别人帮着换上拖鞋，披上奢华的睡袍，终于可以躺下休息了。但他翻来覆去睡不着，因为脑子里塞满了念头，屋子里又站满了仆人。他赶不走脑子里的念头，只好让它们留下来；他也不知道怎么把屋子里的人打发走，只好让他们也留了下来。结果，汤姆心烦意乱，仆人也郁闷得很。

汤姆去休息以后，屋里只剩下两位监护人。他们边踱步边想事情，时不时还猛摇头。过了好一会儿，圣约翰爵士才开口："说实话，你怎么看？"

"说实话，国王陛下眼看快不行了，这节骨眼上我外甥又疯了……疯子就要继承王位了，大英帝国要大难临头了。唉，只能求上帝保佑了！"

"这么说是没错，但您就没怀疑过……那个……那个……"

圣约翰爵士吞吞吐吐，最后干脆停下来不说了。显然，他不知这话当讲不当讲。赫特福德伯爵停下脚步，直率地盯着他说："说吧，这里除了我又没别人。怀疑什么呀？"

"我其实也不愿说出来的，大人您又是他舅舅。要是我有所冒犯，还请您见谅。疯病竟然让他的一举一动全变了，您不觉得奇怪吗？他说话做事还是挺有皇家气派的，但有些小地方跟以前完全不一样了。疯病竟然让他连父亲都不认得了，以前的习惯和礼数也不记得了，希腊语和法语全忘光了，却单单记得拉丁语，您不觉得奇怪吗？大人，请恕我冒犯，如果您能打消我心中的疑虑，我会不胜感激的。这件事一直在我脑子里打转，他自己也说他不是王子嘛，所以……"

"够了，别说了，这可是叛国罪啊！您忘了陛下的旨意了？要是我再听下去，就跟您同罪了。"

圣约翰爵士脸色煞白，急忙说："请原谅，我错了，您大人有大量，可别说出去啊。我以后再也不敢这么说，也不敢这么想了。大人，求您千万别说出去，不然我可就死定了。"

"放心吧，大人，只要您别再犯，别再跟我或者别人说这种话，我就当什么事也没发生过。但您用不着怀疑，他是我妹妹的儿子，他的声音、相貌和身材，我从他还在摇篮里的时候就认得了。疯病会引起各种各样的怪事，不只您在他身上看见的那些。您难道忘了，马利老男爵六十岁的时候发了疯，连自己长什么样都不记得了，非说镜子里的脸是别人的。他还说他是抹大拉的马利亚的儿子，说他的脑袋是西班牙玻璃做的，不让别人碰，怕被不小心的人碰碎了。别瞎想了，我的好大人，我认得他。他是王子，很快就会当国王了。牢牢记住这个，这可比胡思乱想强得多。”

两人又聊了一会儿。为了弥补刚才犯的错，圣约翰爵士再三表示他已经非常确定，所有的疑虑已经统统打消了。赫特福德伯爵请他先回去，自己继续守着王子。他很快陷入沉思，越想越心烦，一边在屋里团团转，一边自言自语：“别瞎想了，他肯定是王子！天底下哪找得出两个血统出身都不一样，长相却一模一样的人？就算出了奇迹，两个人掉了个个……呸，才不可能呢，这么想也太傻了，太傻了！”

接着，他又嘟囔起来：“要是他是骗子，就该一口咬定自己是王子，那才合情合理嘛。国王说他是王子，宫里人说他是王子，每个人都说他是王子，他自己却一口否认，求大家别这么叫，天底下哪有这样的骗子嘛？才不可能呢！老天在上，绝对不可能！他确实是王子，只不过疯了！”

Chapter 07
首次御膳

下午一点过后，汤姆逆来顺受地接受“酷刑”，被人伺候着穿衣打扮。他发现自己还是一身雍容华贵，但从轮状皱领到长筒袜都跟之前不一样了。接着，他被带领到一个金碧辉煌的大房间，里面已经摆好了供他一人享用的餐点。屋里的陈设大多镀了厚厚的金，设计精美，装潢考究，可谓无价之宝，因为那是意大利金匠本韦努托·切利尼的杰作。出身高贵的随从就占了半个房间。宫廷牧师做完餐前祷告，汤姆正要大快朵颐——他的肚皮一直饿得要命——却被巴克利伯爵拦住了。伯爵帮汤姆围上了餐巾，因为他是家族世袭的“威尔士亲王司巾官”。斟酒官也在一旁候着，每次汤姆想给自己倒点酒，他都会抢先斟上。威尔士亲王的试膳官也在一边，时刻准备听从召唤，冒着中毒的危险，品尝所有可疑的餐点。如今，试膳官纯属装点门面，很少被叫来履行职责。但在几代人之前，试膳官还有生命危险，所以并不是什么令人垂涎的好职位。奇怪的是，他们怎么就不找哈巴狗或者小混混试吃呢？不过话说回来，宫里每件事都够奇怪的。首席侍寝官达西爵士也侍立一旁，天知道他是来干什么的，反正就是在那儿杵着。首席司膳官侍立在汤姆背后，按照站在不远处的内务总管和御厨总管的指示，主持着庄严肃穆的进餐仪式。除此之外，汤姆还有三百八十四个仆人。当然了，他们没有全挤在旁边，现在到场的还不足四分之一。汤姆目前还没意识到这些人的存在。

在场所有人都在前一个钟头里接受了严格训练，牢记王子暂时神志不清，如有异常举动不得表示惊讶。很快，种种“异常举动”就展示在他们眼前。大家只是深感同情，为王子殿下担忧，谁也没有哈哈大笑。见亲爱的殿下犯了病，所有人心里都沉甸甸的。

可怜的汤姆用手抓东西吃，但谁也没有笑，只装作没看见。汤姆好奇地打量着餐巾，越看越感兴趣，见它材质上乘，就直截了当地说：“拿下来吧，免得我不小心弄脏了。”

世袭司巾官恭恭敬敬地把餐巾取下，没说话，没有一丝反对。

汤姆兴致盎然地打量着桌上的芜菁和莴苣，问它们是什么玩意儿，能不能吃。因为这两种蔬菜以前一直从荷兰进口，英国人是最近才开始种植的。侍臣毕恭毕敬地回答了他，一点儿也没表现出惊讶。汤姆吃完甜点后，往口袋里塞满了核桃，但似乎没人发现，更没人提出。他自己倒不安起来，显得心烦意乱。毕竟，在整个用餐期间，这是唯一别人允许他亲手做的事。他心知这么做肯定很不得体，不符合王子的身份。就在这时，他的鼻子开始发痒，鼻尖直往上翘，整个皱了起来。情况愈演愈烈，汤姆的表情也越来越痛苦。他满脸哀求地东张西望，看着周围的各位大人，眼泪都快要掉下来了。大家都焦急地凑上前，问他有何吩咐。汤姆痛苦万分地说："不好意思，我鼻子都快痒死了。碰上这种事该怎么办？快说啊，我真忍不了了。"

没有人觉得好笑，大家都面面相觑，不知如何是好。这事可难办了，英国历史上没有一条律令能告诉他们碰上这种事该怎么办。掌礼官又不在，没人敢冒险涉足这片未知领域，解决这个重大问题。唉！怎么就没有世袭挠痒官呢？此时此刻，汤姆的眼泪已经决了堤，开始顺着脸颊往下淌，发痒的鼻子急需得到解脱。最后，汤姆也顾不上什么礼仪了，一边默默祈祷，希望上帝宽恕自己的罪孽，一边抬起手挠了挠鼻子。这一下，身边的各位大人才算是松了口气。

汤姆用餐完毕，一位侍臣托着一只浅浅的大金盘走上前来，盘里盛满了芬芳四溢的玫瑰水，这是给他漱口洗手用的。世袭司巾官站在一旁，捧着手巾候着。汤姆一头雾水地盯着盘子看了一会儿，然后端了起来，郑重其事地喝了一口，再把盘子还给候在一旁的侍臣，说道："不用了，大人，我不喜欢这玩意儿。它闻着还行，但喝着没劲儿。"

但谁也没有发笑，大家见了王子的古怪举动，只觉得心如刀割。

接着，汤姆又不知不觉犯了个错。宫廷牧师刚站到他身后，高举双手，双眼紧闭，抬起头来，正要做饭后祷告，汤姆却突然起身，离开了餐桌。不过，大家还是假装没看见王子殿下的失常举动。

在汤姆的强烈要求下，他被领进了王子的私人房间，终于可以一个人安安静静待着了。只见橡木护墙板上有一整排挂钩，上面挂着一副钢盔的不同部件。盔甲闪闪发亮，上面精美的图案全是用金丝镶嵌的。这副盔甲属于真正的王子，是现任王后凯瑟琳·帕尔夫人不久前送给他的。汤姆戴上了护胫甲、金属护臂和插着羽毛的头盔，还套上了其他不用别人帮忙也能穿上的部件。有那么一小会儿，他好想喊人来帮忙，把其他部件也穿上。不过，他突然想起了吃饭时塞进口袋的核桃，想到这会儿没有一大堆仆人盯着，也没有世袭的达官贵人在旁边伺候，提供各种各样他根本不需要的服务，吃吃核桃该多自在啊。于是，他把精致的盔甲放回原位，然后砸起了核桃。自从阴差阳错当上王子，他第一次觉得这么开心。吃完核桃，他又在柜子里翻出几本有趣的书，有一本是讲宫廷礼仪的。这对他来说可是无价之宝！他躺在一张奢华的长沙发上，兴致勃勃地读了起来。我们暂时就先让他待在那儿吧。

Chapter 08

玉玺失踪

下午五点左右，亨利八世从午觉中醒来，但精神一点儿也没有恢复，不禁喃喃自语：“噩梦，真是场噩梦啊！看来朕命不久矣，脉搏这么弱，这就是兆头啊。”接着，他目露凶光，低声说：“他必须死在朕前头！”

随从见国王陛下醒了，立刻禀报大法官在外求见。

“宣他进来，宣他进来！”国王急忙大喊。

大法官走进屋里，跪倒在御榻前，说道：“谨遵陛下旨意，微臣已传达圣谕，贵族院议员们已判处诺福克公爵死刑，听候陛下进一步指示。”

国王一脸残忍的笑容：“快扶朕起来！朕要亲自去议会，给判决书盖上玉玺，彻底了结……”

他刚说一半就噎住了，潮红的脸色变得惨白。随从连忙扶他靠在枕上，端来补药让他服用。过了一会儿，国王才悲哀地说："唉，这一天朕盼了好久了！可惜它来得太晚，朕大概是赶不上了。你去吧，快去！朕没法亲自操办，就只好找人代劳了。朕要把玉玺交给审理委员会，你先找几个合适人选，赶紧去办。快去！明天之前带他的脑袋来见我。"

"谨遵陛下旨意。请陛下将玉玺交给微臣，微臣即刻操办。"

"玉玺？玉玺不是一直在你那儿嘛？"

"启禀陛下，您在两天前取走了玉玺，说要亲手盖在诺福克公爵的死刑判决书上。"

"哦对，确实有这么回事，朕现在想起来了……朕拿它去干吗了？……朕身子不行了，记性也糟透了……真奇怪，真奇怪……"

国王含含糊糊地嘟囔着，不时摇晃斑白的脑袋，努力回忆自己拿玉玺去干吗了。最后，赫特福德伯爵鼓起勇气，双膝跪地，大声禀告："陛下，恕臣斗胆，微臣和几位大人都记得，您将玉玺交给王子殿下保管，准备……"

"对，没错！"国王马上打断了他，"赶紧去拿来！快去！要来不及了！"

赫特福德伯爵马上冲去找汤姆，但没过多久就两手空空地回来了。他焦虑万分地向国王解释："回禀陛下，微臣无比痛心，给您带来了一个沉重的坏消息。王子殿下病情未愈，不记得保管玉玺的事了，此乃天意啊。如果把王子殿下的那些厅堂宫室全搜上一遍，只会浪费宝贵的时间，何况这么兴师动众也……”

国王痛苦地呻吟起来，打断了伯爵大人的话。过了好一会儿，国王陛下才黯然神伤地说：“可怜的孩子，别去打扰他了。老天为什么要这么惩罚他？朕只恨不能帮他承担痛苦，好让他平平安安的。”

国王闭上眼睛，开始喃喃自语，接着陷入了沉默。过了一会儿，他睁开双眼，茫然四顾，目光落到双膝跪地的大法官身上，顿时火冒三丈：“唉，你怎么还在这儿呢？朕对天发誓，你要不把那个叛徒的事搞定，这位置就别想坐了，脑袋也别想要了！”

浑身颤抖的大法官回禀：“陛下开恩啊！微臣只是在等玉玺。”

“笨蛋，你没脑子呀？朕以前随身带的小玉玺不是在国库里吗？大的不见了，就用小的呗！你脑子不会转啊？快滚！听好了——不把他的脑袋带来，就别来见朕。”

可怜的大法官急忙逃离险境，审理委员会也没浪费时间，马上把圣意传达给了唯唯诺诺的议会，将英国曾经的头等贵族——倒霉的诺福克公爵的死刑安排在了第二天。

Chapter 09
河畔盛况

晚上九时，王宫沿河的一侧灯火通明。朝城区的方向放眼望去，河面上挤满了小艇和驳船，船上都挂着彩灯，随波轻轻摇摆，就像夏日的清风拂过无边无际、艳丽多彩的花园。王宫通向河岸的宽大石阶上，伫立着日耳曼公国的军人，执戟的皇家卫兵盔明甲亮，衣着光鲜的侍从跑上跑下，忙里忙外，都在为盛宴做准备。那真是难得一见的胜景。

随后，只听一声令下，石阶上所有人立刻消失得无影无踪。气氛凝重起来，充满了期盼和等待。如果你极目远眺，就会看见船上的人全站了起来，手搭凉棚，遮挡彩灯和火把的光亮，朝王宫的方向望去。

四五十条官船排成一列，缓缓驶向石阶。船身涂着厚厚的金漆，翘起的船首和船尾雕刻着精美图案。有些船上装饰着飘扬的旗帜，有些船上点缀着带纹章的织金和刺绣挂毯，有些船的丝绸小旗上挂满银铃，每当清风拂过，就会响起悦耳的铃声。还有些船装饰得格外奢华考究，那是贴身侍奉王子的贵族乘坐的，船身两侧立有饰以纹章的盾牌。每条船都由一条护卫船牵着，护卫船上除了桨手，还有若干名全副武装的士兵和一队乐师。

王室成员的前哨已经出现在了宫门口，那是一支执戟的卫兵，身穿紫蓝相间的布质紧身衣，头戴饰以银玫瑰的天鹅绒软帽，下身是黑褐相间的条纹连裤袜，前胸后背各有三根金线绣成的羽毛，那是王子殿下的纹章。戟杖裹着深红色的天鹅绒布，再用镀金的大头钉固定，饰以金色的流苏。他们排成两列长队，分立左右两侧，从宫门一直延伸到河边。身穿金红相间制服的王子侍从展开了一条带花纹的厚地毯，就铺在两列卫兵之间。就在这时，宫门里传来了响亮的号角声，河面上的乐师也奏起了一支轻快的序曲。两名手持白色仪仗的礼宾官缓缓从门里走出，后面跟着一位手捧权杖的官员，他身后是一位捧着城之重剑的官员，再后面是几名全副武装的城市卫队成员，手臂上戴着袖章。接下来是大纹章院院长，穿着精致的正式礼服；随后是几位巴斯勋章骑士，袖子上饰有白边，后面跟着他们的随从；然后是若干名法官，身披猩红法袍，头戴白帽；

后面是英国上议院大法官，身披敞襟猩红法袍，领口镶着白鼬皮；再接下来是身披红斗篷的市府参事；随后是身穿礼服的各大市民团体代表。他们身后是十二名衣着华贵的法国贵族，全是法国大使的随从，身穿白底织金的锦缎短上衣，深红色的天鹅绒短斗篷，内衬是紫色塔夫绸，肉色的衬裙式马裤，正在缓缓随台阶而下。紧随其后的是十二名西班牙大使的随从，身穿朴实无华的黑色天鹅绒制服。他们后面是几位英国大贵族及其随从。

宫门里又传来一阵号角声。王子的舅舅，也就是未来的萨默塞特公爵，从门里走了出来。他身穿黑底织金的紧身衣，外披绣金花、镶银边的深红色绸斗篷。他转过身，摘下插羽毛的软帽，深深鞠了个躬，然后缓缓后退，一步一鞠躬。接下来号角齐鸣，伴随着一声高喊："尊贵的威尔士亲王，爱德华王子殿下驾到！"宫墙高处喷出一长溜鲜红的火舌，接着响起了震天响的礼炮声。河面上的人群中爆发出了震耳欲聋的欢呼。汤姆·康泰，这场盛会的焦点人物，步入了民众的视野，向众人颔首致意。

只见他身穿白色绸缎紧身衣，前胸装饰的紫色布料镶满钻石，周围是白貂皮滚边。他外披白底织金的斗篷，上面也绣着三根羽毛，斗篷衬里是蓝色绸缎，外侧镶满珍珠和宝石，前面用钻石别针扣住。他的领口挂着嘉德勋章和几枚外国的皇家勋章。凡是光线能照到的地方，他身上的珠宝都在熠熠生辉，令人目眩神迷。噢，汤姆·康泰，这个在伦敦贫民窟里出生长大的苦孩子，这个跟破衣烂衫、肮脏苦难为伍的穷小子，如今却成了万众瞩目的大人物！

Chapter 10
王子落难

前面说到真正的王子被约翰·康泰拽进了垃圾大院，后面还跟着一大帮兴高采烈、叽叽喳喳的混混。只有一个人替那小囚犯求情，但完全没人搭理。其实根本就没人听见，因为周围乱成一团。王子拼命挣扎，想要脱身，同时大发雷霆，抱怨自己受了莫大的委屈。最后，约翰·康泰实在忍不了了，一下子举起橡木棍，眼看就要砸在王子脑袋上。那个替孩子求情的人跳出来想要挡住，却被棍子砸中了手腕。约翰·康泰大吼起来："多管啥闲事？看老子不给你点颜色瞧瞧！"

说着，他手里的木棍就狠狠砸在了那人头上。只听见一声惨叫，那个模糊的身影跌倒在看热闹的人脚边，孤零零地躺在黑暗之中。那帮家伙继续往前走，才不会被这个小插曲搅了兴致呢。

过了一会儿，王子发现自己来到了约翰·康泰家里，约翰关上房门，把看热闹的人挡在了外面。屋里搁着个小瓶子，里面插了根牛油蜡烛。借着微弱的烛光，王子看清了这个“猪窝”里的住户。两个脏兮兮的小姑娘和一个中年妇女缩在墙角，像几头受惯虐待的牲口，满心恐惧地等着下一场狂风暴雨的到来。另一个角落里有个白发蓬乱、目露凶光的老太婆，正悄无声息地走上前来。约翰·康泰对她说：“等等！今天有好戏看！您老先乐和乐和，乐和完了再揍也不迟。过来，小子，把刚才那些疯话再说一遍。你还没忘吧？你叫啥名字？是谁呀？”

受此大辱的王子涨红了脸，抬起头来，愤愤地盯着他，大声说：“尔等无礼刁民，竟敢这么跟本王说话。刚才不是说过了吗，我乃威尔士亲王爱德华。”

这个回答让老太婆大吃一惊，瞠目结舌，在原地一动不动。她那傻愣愣发呆的模样，惹得她那恶毒的儿子哈哈大笑。但汤姆·康泰的妈妈和姐姐反应完全不同。她们原本担心挨打，现在却变成了另一种担忧。只见她们跑上前来，一脸惊恐地大喊：“噢，可怜的汤姆，可怜的孩子！”

当妈的跪在王子面前，双手搭在他肩头，眼泪都要掉下来了。她爱怜地盯着王子的脸，说：“噢，俺可怜的孩子啊！你干吗老看些傻里傻气的书？这回疯了，算是遭报应了！唉，俺早就叫你别看嘛，你咋就是不听？这让娘多难受啊！”

王子盯着她的脸，和气地说：“好太太，您儿子好得很，一点儿也没疯。放心吧，他在王宫里。等我回去，我父王马上就会把他还给您的。”

“你父王？噢，孩子，这种话可说不得，会小命不保的，还会株连九族呢。快醒醒，别做梦了。快想起来吧！好好瞧瞧俺，你连生你爱你的亲娘都认不得了？”

王子摇了摇头，不情不愿地说：“我对天发誓，绝对不想让您伤心。但说真的，我以前从来没见过您啊。”

那妇人跌坐在地，双手捂脸，痛苦地大哭起来。

“接着演啊！”汤姆·康泰大吼，“怎么了？南儿！贝蒂！没规矩的臭丫头！在王子面前还敢站着？还不赶紧跪下？你们这些贱骨头，还不赶紧拜见王子殿下！”

说着，他粗野地嘎嘎大笑起来。两个姑娘怕得要命，但还是怯生生地替弟弟求情。南儿说：“爸爸，求您了，让他去睡吧。只要好好歇歇，他就不会疯了。求您了！”

“求您了，爸爸。”贝蒂也说，“他肯定是累着了。明天他就会好的，会好好讨钱，不会空着手回来了。”

这么一说倒提醒了约翰。他想起了正事，马上拉下了脸，火冒三丈地对王子大吼："明天就得给这破房子交租了，整整两个便士呢！记好了，两个便士，半年的房钱。要是交不上，俺们就得卷铺盖走人了。你这懒鬼，今天讨了多少，还不赶紧掏出来。"

王子不耐烦地说："别拿你那些破事来烦我。我再说一遍，我是王子！"

康泰老爹扬起巴掌，"啪"的一声打在王子肩头，他一下子摔进了康泰太太怀里。那妇人把他紧紧护在胸前，用身子替他挡住雨点般砸下的拳头。两个小姑娘吓坏了，连忙缩回了墙角。老太婆却急急忙忙走上前，去助儿子一臂之力。王子挣脱了康泰太大的怀抱，大声说："好心的太太，您不用替我挡着，就让这俩畜生打我一个人吧。"

这话惹得那"俩畜生"勃然大怒。他们一刻也没耽误，立刻拳打脚踢起来。揍完王子，他们又把孩子他妈和两个姐姐打了一顿，说是她们竟敢同情那孩子。

"好了，"康泰老爹说，"都睡吧。揍人揍得老子都累了。"

他吹灭蜡烛，全家人就睡下了。一家之主和老太婆的呼噜声一响起，两个小姑娘就悄悄爬到王子身边，给他盖上稻草和破毯子，生怕他着凉。当妈的也爬了过来，抚摸着男孩的头发，边哭边低声安慰他。她留了点吃的给他，但男孩浑身都疼，根本没胃口——至少是对难吃的黑面包皮没胃口。那妇人勇敢地挺身而出，为了保护他不惜牺牲自己，还这么关心他，对他这么好，王子被深深地感动了。他用王子的口气谢了她，劝她快去休息，忘掉这些烦心事。他还补充了一句，因为她的善心和忠诚，他父王定会重重有赏。见"儿子"的"疯病"又犯了，那妇人一阵心酸，把王子紧紧搂在怀里，过了好久才流着泪回去睡了。

她躺在所谓的床铺上辗转反侧、黯然神伤的时候，脑子里突然闪过一个念头。她发觉，这孩子有种说不清道不明的气质，而汤姆·康泰不管疯没疯，身上都没有这种东西。她说不清楚，也讲不明白，但当妈的直觉敏锐地感受到了这一点。要是这男孩真不是她儿子，那可怎么办？噢，别傻了！虽说她又难过又焦急，但这个念头一冒出来，她还是差点笑出声。不管怎么样，这个念头就是不肯消失，老在她脑子里打转。它追着她，缠着她，说什么也不肯被打发走。

最后，她终于意识到，要是不试上一试，弄清那男孩到底是不是她儿子，彻底打消这烦人的念头，自己肯定是不得安宁了。对啊，这样才能解决问题嘛。于是，她开始动脑筋想办法。不过，这说起来容易做起来难。她想出了一个个办法，在心里过了一遍，接着又一个个推翻——

它们都不够可靠，不够完美。她绞尽了脑汁也想不出该怎么办，似乎怎么努力都是白费力气。她刚想着干脆放弃算了，耳边就传来男孩平稳的呼吸声，显然他已经睡熟了。她正听着呢，平稳的呼吸声就被一声微弱的惊叫打断了，像是人做噩梦发出的声音。她顿时灵光一闪，想出了一个好办法，比刚才冥思苦想了好半天的那些都要强。她激动万分，马上悄无声息地点起蜡烛，心中暗想："刚才要是俺能看见他，就能搞清楚了！他小的时候，火药在他眼前爆炸过，后来，只要是从梦里吓醒，或者发呆的时候突然清醒过来，都会把手挡在眼前，就像火药爆炸的那天似的。他每次都是手心朝外，不像别人全是手心朝里。俺看见过无数次了，他每次都是朝外。没错，俺马上就能搞清楚了！"

她用手护着蜡烛，爬到熟睡的男孩身边，小心翼翼地俯身盯着他，激动地屏住呼吸，突然让烛光照到他脸上，又在他耳边敲了敲地板。男孩突然瞪大眼睛，惊恐地四下张望，但手并没有动弹。

可怜的妇人备受打击，又吃惊又难过，都不知该怎么办了。但她极力掩饰情绪，又把男孩哄睡着了，随后爬到一边，痛苦地回想试验结果。她努力想说服自己，是疯病害得那个习惯动作消失了，但怎么也说服不了。"不可能，”她想，“他的手又没疯，习惯又不可能一下子就忘掉。唉，真愁人啊！”

她没法接受这次试验结果，仍然心存希望，说什么也想再试一次——这次失败可能只是偶然嘛！于是，她又把熟睡的男孩弄醒，过了一会儿，又试了一次，结果都跟第一次一模一样。最后，她拖着疲惫的身躯爬回“床铺”，喃喃自语：“俺不能放弃——噢，不能，说啥也不能——他肯定是俺儿子！”接着，她就满心悲伤地睡过去了。

随着可怜的妈妈放弃试验，王子身上的伤痛也渐渐减弱，极度的疲惫终于让他闭上眼睛，陷入了沉睡。几个钟头一晃而过，他一直睡得死死的。四五个钟头后，他才悠然醒转，在半梦半醒中嚷嚷起来：“威廉爵士！”

过了一会儿，他又大喊：“嘿，威廉·赫伯特爵士！快过来，我做了个好怪的梦……威廉爵士！你听到了吗？唉，我还以为我变成了个穷小子，然后……嘿，侍卫！威廉爵士！怎么回事？侍寝官呢？真是的，真得好好教训这帮……”

“你还好吗？”旁边有人轻声问道，“你在喊谁呀？”

“威廉·赫伯特爵士。你是谁呀？”

“俺是谁？俺是南儿，你姐姐，还能有谁啊？噢，汤姆，俺忘了！你还疯着呢——可怜的孩子，你的疯病还没好呢。要是俺还没醒就好了，就不用想起这个了！你千万别乱说啊，不然俺们全会给揍死的！”

王子大吃一惊，刚要坐起来，浑身青肿就传来阵阵剧痛，把他猛地拉回了现实。他连声呻吟，跌回烂稻草堆上，忍不住大叫起来：“天哪！原来不是梦啊！”

就在那一刹那，被睡眠驱散的悲伤和痛苦全都涌了上来。他想起，自己不再是宫里备受宠爱、万众瞩目的小王子，而是破衣烂衫的穷小子，无家可归的流浪儿，住在脏乱不堪的“猪窝”里，跟小偷和叫花子为伍。

王子正在那儿自怨自艾呢，外面突然传来一阵喧哗，大概离这儿有一两栋楼远吧。紧接着，就响起了重重的敲门声。约翰·康泰的呼噜声马上停了下来，只听他大声吼道：“大清早的敲啥敲啊？啥事呀？”

外面的人说：“你晓得你昨晚揍的人是谁不？”

“不晓得，也不在乎，咋了？”

“你小子马上就会改主意了。你还想活命的话，就赶紧跑吧！那人这会儿就要咽气了。他是安德鲁神父啊！”

“老天啊！”康泰老爹大呼倒霉，连忙把全家人喊醒，嘶哑地说，“快起来，快起来，不赶紧跑就死定了！”

不到五分钟，康泰一家就冲上街头，仓皇逃命去了。约翰·康泰箍着王子的手腕，拽着他在黑漆漆的街头狂奔，同时压低声音警告他：“你这小疯子，嘴巴闭牢点！不许告诉别人俺们叫什么。老子要赶紧改个名，叫那些当差的找不着。老子警告你，嘴巴闭牢点！”

接着，他又冲家里其他人吼道：“要是哪个走散了，就往伦敦桥那边跑，到桥上最后那家麻布店集合，然后俺们一起逃到南沃克市去。”

就在这时，他们突然冲出了黑暗。前方河岸边一片光明，挤满了载歌载舞、喧哗呐喊的人群。泰晤士河沿岸点起了一长排篝火，一眼望去都看不到边。伦敦桥上灯火通明，南沃克桥上也是一样。河面上彩灯缤纷，处处熠熠生辉。空中时不时炸开炫目的烟花，耀眼的火花如雨点般洒落，差点把夜空变成了白昼。到处都是狂欢的人群，似乎整个伦敦城沉浸在欢乐之中。

约翰·康泰暴躁地骂了一声，喊大家赶紧退回去，可惜为时已晚。他的一家老小马上就被汹涌的人群吞没挤散了。不过，王子可不算他的“一家老小”，康泰老爹的大手还牢牢箍着他呢。王子的心怦怦直跳，打算找个机会逃跑。康泰老爹想从人群里挤过去，大大咧咧地去推一名身强体壮的水手。那人明显喝高了，正在兴头上呢，马上就把大手按在了康泰肩头："嘿，伙计，跑这么快干吗呀？正经人都在这儿庆祝呢，你这混蛋打啥鬼主意呢？"

"少多管闲事！"康泰不客气地回答，"放开你的脏手，老子要过去！"

"哎哟，脾气还不小呢。就不让你过去怎么了？想过去就喝了这杯，给威尔士亲王庆祝一下！"水手不容分说地挡住了他的去路。

"那行吧，拿杯子来，赶紧的！"

这时，旁边狂欢的人也来了兴致，大声嚷嚷："换大杯，换大杯！叫这个混蛋喝大杯，不然就把他丢河里去喂鱼！"

于是，一只巨大的双耳杯隆重登场。那水手一只手握住一边把手，另一只手假装捏着餐巾，按照古老的习俗把杯子递给康泰。康泰只好也按照习俗，一只手握住另一边把手，另一只手揭开杯盖。这么一来，他自然没法箍住王子的手腕了。说时迟那时快，王子一头钻进熙熙攘攘的人群，立刻就消失得无影无踪。周围这么多人，想找着他连门儿都没有，就跟大海捞针差不多。

王子很快意识到这一点，就把约翰·康泰抛在脑后，转而计划起怎么摆脱困境。他也意识到了另外一件事——有人冒充了他的身份。他很快推断出，是穷小子汤姆·康泰借机篡位夺权。

因此，他只有一条路可走——去市政厅，表明身份，拆穿那个冒牌货。他已经想好了，要给汤姆一点儿时间做临终忏悔，然后按当时叛国罪的惯例，将他处以绞刑，再掏心挖肺，五马分尸。

Chapter 11

市政大厅

御艇在奢华船队的陪同护送下，沿着泰晤士河缓缓顺流而下，河面上无数灯火通明的小船都为它让道。空中回荡着悠扬的乐声，岸边处处有庆祝的火堆。远处无数目不可及的篝火，将全城笼罩在柔和的光晕之中。城市上空有许多高耸入云的尖塔，塔上点缀着熠熠生辉的灯笼，远看就像镶宝石的长矛直刺夜空。每当船队经过一处，岸边就会传来响亮的欢呼和礼炮的轰鸣，一声声连绵不绝。

至于汤姆·康泰嘛，他半个身子陷在丝绸靠垫里，欣赏着这番奇迹般的盛况，震惊得说不出话来。但对他身旁的两个小伙伴，伊丽莎白和简·格雷公主来说，这根本不足为奇。

船队抵达达杜乌门后，沿着清澈见底的沃布溪（两个世纪以后，泰晤士河的这条支流已经埋在了方圆数英亩的建筑下面）上行，一直来到巴克勒斯伯里街。沿途的房屋和桥梁无不灯火通明，挤满了欢乐的人群。最后，船在一个小河湾里停下，也就是现在的游船码头。那里是伦敦旧城的中心。汤姆在此处上岸，率领浩浩荡荡的队伍穿过齐普赛街，在老犹太人街和巴辛哈尔街转了一圈，最后来到市政厅。

市长和各位市府参事胸前挂着金链，身披猩红长袍，按照正式礼仪迎接汤姆和两位公主。传令官在前方为他们开道，还有随从捧着权杖和城之重剑走在前面。汤姆和两位公主在大厅首席的华盖下落座，随行人员则在他们座位后方侍立。次席就座的是朝中权贵和城中豪富，庶民院议员则坐在大厅中央的众多餐桌旁。伦敦城的守护神——巨人歌革和玛各[1]，在市政厅大门上居高临下地注视着这番盛况。从某个早已不为人知的年代起，他们的双眼就见惯了这幅景象。接着，号角声响起，随着一声令下，一名胖乎乎的司膳官出现在了左侧门边，后面跟着几名庄严肃穆的侍从，托着一大盘热气腾腾的御用牛腰肉，随时等候下刀。

饭前祷告完毕，汤姆（按照侍臣的提示）站起身来，大厅里所有人都随之起身。他和伊丽莎白公主一同举起一只双耳大金杯喝了口酒，然后把杯子传给简公主。随后，

1. 歌革和玛各，《圣经》中巨人种族的幸存者，相传被伦敦奠基者布鲁特斯击败，锁在市政厅的大门上。

杯子传遍了全场。盛宴就此正式拉开帷幕。

午夜时分，宴饮狂欢达到了最高潮，好一幅别开生面的景象。有一位目睹的史官用精妙的文字做了记载：“大厅中央空出一块地方，一位男爵和一位伯爵走了进来。他们身穿土耳其样式的洒金长袍，头戴镶金边的深红色天鹅绒软帽，金色的宽腰带上插着两把弯刀。接着走进来的一位男爵和一位伯爵，身穿俄国样式的黄色丝绸长袍，饰以红白相间的条纹，头戴灰色皮帽，手持短柄小斧，脚蹬翘头靴，鞋尖足有一英尺多长。紧随其后的是一名骑士，接下来是海军大臣和五位贵族，身穿深红色天鹅绒紧身衣，领口前后都开得很低，胸前挂着粗粗的银链，外披深红色缎子短斗篷，头戴跳舞专用的小帽，上面插着野鸡翎毛——这是普鲁士人的打扮。紧接着入场的是一百多名持火炬者，像摩尔人一样披红挂绿，脸涂得黑漆漆的。再接下来是一个演默剧的戏子，随后是一群乔装打扮、载歌载舞的艺人。侍臣命妇们也跟着疯狂舞动起来，那场面真是热闹非凡。

汤姆居高临下，目不转睛地看着舞池中热闹的场面。只见人影不停地旋转，如万花筒般五彩斑斓，令人眼花缭乱。而此时此刻，真正的王子正穿着破衣烂衫，在市政厅门前大声疾呼，说有人冒名顶替，叫人放自己进去。围观群众个个兴致勃勃，推推搡搡地往前挤，全都伸长了脖子，想看看是谁在大声喧哗。没过一会儿，大家就开始嘲弄讥讽他，故意激怒他，觉得可有意思了。王子又羞又气，泪水在眼眶里打转，但还是坚守阵地，想以皇家气派对抗那群暴民。但随之而来的是更多的讥讽，更多的嘲弄。大受刺激的王子忍不住大喊："本王再说一遍，尔等无礼刁民，我乃威尔士亲王！虽然如今孤身在外，无依无靠，没人替我说话，也没人伸出援手，但我绝不会被赶走，一定要留下来！"

"不管你是不是王子，都是个有胆量的小子。你再也不会无依无靠了，我会跟你并肩作战的！我迈尔斯·亨顿虽然不是什么大人物，但你这个朋友是交定了。小子，别跟他们啰唆了，这帮阴沟里的耗子根本不会听。"

说话的人穿着打扮、长相举止都像个落魄贵族。他个头高大，身材魁梧，紧身衣和连裤袜都是上等材质，但都已经磨损褪色，上面的金线装饰也黯淡无光，轮状皱领凌乱不堪，破破烂烂，帽子耷拉在一边，上面插的羽毛也折了，看起来又邋遢又寒酸。他腰间配着一柄轻巧的长剑，不过铁打的剑鞘已是斑斑锈迹。从那昂首阔步的模样，一眼就能看出他是军旅出身。这个怪人话音刚落，周围就爆发出一阵讥笑。有人嚷嚷着："瞧呢，又来了个微服出行的王子！”“伙计，少说两句吧，这人看起来挺厉害的！”“哎，可不是嘛，瞧那双眼睛！”“抓住那小杂种，扔到洗马池，跟畜生做伴去吧！”

马上就有人积极响应，伸手去抓王子。说时迟那时快，陌生人长剑出鞘，用剑身狠狠一击，好事之徒应声倒地。周围的人开始七嘴八舌：“揍这个混蛋！揍死他！揍死他！”人群将剑客团团包围，害得他不得不退到墙边，疯了似的挥动长剑。中剑的人倒了一地，但大家的怒火越烧越旺，踩着倒地的同胞，前赴后继地涌上来。

眼看他就要没招了，突然之间号角齐鸣，有人大声宣布：“快让开，国王陛下的传令官到！”只见一支骑兵飞奔而来，暴徒们避之不及。英勇的陌生人一把抱起王子，迅速逃离了险境。

我们再说回市政厅。响亮的号角声打破了一室喧嚣，大厅里顿时一片寂静。宫中传令官的声音随之响起，众人都肃立倾听。最后，他庄严宣布：“圣上驾崩！”

人们先是低头默哀，接着统统跪倒在地，向汤姆伸出双手，发出惊天动地的呼声：“国王万岁！”

可怜的汤姆完全被吓傻了，手足无措地四下张望，恍惚的目光先是落在身边的两位公主身上，接着又落到了赫特福德伯爵身上。紧接着，他突然灵机一动，凑到赫特福德伯爵耳边，低声说：“指着你的信用和荣誉发誓，对我说实话！如果我现在以国王的名义下令，颁布只有国王有权下达的命令，大家都会听吗？会不会有人反对？”

“当然不会，陛下。您是一国之君，是英国国王——您的话就是法律。”

于是，汤姆发自内心地大声说道：“既然如此，那么从今往后，国王的法律就该是仁慈的法律，而不是血腥的法律！快起来，去塔里传朕旨意，免诺福克公爵一死！”

这几句话口耳相传，很快传遍了整个大厅。赫特福德伯爵匆匆离开的时候，大厅里又爆发出一阵响彻云霄的欢呼：“血腥统治结束了！英王爱德华万岁！”

Chapter 12

王子救星

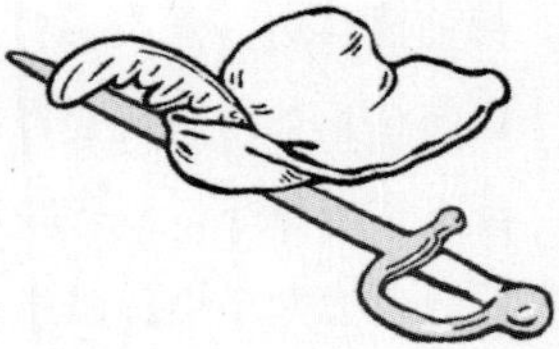

迈尔斯·亨顿和小王子一甩开那群暴民，就沿着小巷冲向河边。他们一路上都没遇到什么阻碍，直到快上伦敦桥才撞上一大群人。亨顿紧紧拽着王子——不对，应该说是国王——的手腕，急匆匆地往前挤。那个噩耗已经众人皆知了，王子听见无数人同声高喊——“国王陛下驾崩！”可怜的小王子心头一凉，浑身直哆嗦。他得知父亲去世，顿时悲痛欲绝，因为那位暴君虽然对其他人残酷无情，对儿子却总是慈祥体贴。他的泪水在眼眶里打转，视线也模糊了。此时此刻，他觉得自己是天底下最孤苦伶仃的人了。但紧接着，他又听见了山呼海啸般的欢呼声：“英王爱德华六世万岁！”他顿时眼睛一亮，心中激动万分，无比骄傲。“啊，”他心想，“真奇妙，我现在成了国王了！”

我们的这两位朋友在桥上的人潮里艰难前行。伦敦桥当时已经屹立了六百多年，是条喧嚣嘈杂、人头攒动的主干道。桥上两侧挤满了各色商铺，楼下开店，楼上住人，从河这边一直延伸到河那边。桥本身就可以算作一座小镇，上面有客栈、酒馆、面包房、裁缝店、杂货店、作坊甚至教堂。这座桥将河两岸的伦敦城和南沃克市连接起来，但最多算它们的郊区，地位并不显要。可以说，伦敦桥自成一体，是个狭长的小镇。镇上只有一条三百多米长的街道，人口数量跟一座小村子中的人口数量差不多。桥上的居民祖祖辈辈都是熟人，对各自家里的琐事知根知底。当然，桥上也有自己的“贵族阶层”，比如屠夫世家、面包匠世家什么的。这些世家在同一个地方生活了五六百年，对大桥的历史传奇如数家珍。他们讲着桥上特有的土话，用桥上特有的方式想问题，以桥上特有的节奏过日子。这帮人狭隘无知，却又特别自以为是。孩子们在桥上出生、长大、老去、死亡，一辈子都不会离开桥一步。桥上从早到晚车水马龙，人声喧嚣，牲口嘶吼，永无停歇。这些人自然而然地觉得，这是天底下绝无仅有的奇观，而且供自己专享。事实也确实如此——起码他们可以从窗口饱览一番。每当国王或英雄凯旋，浩浩荡荡的巡游队伍从桥上经过，没有比那更好的欣赏角度了。

在伦敦桥上出生长大的人，会觉得别处的生活无聊透顶，简直无法忍受。根据史书记载，有人在七十一岁时离开伦敦桥，到乡下养老，结果每天晚上辗转反侧，怎么也睡不着。他觉得乡下太安静，这简直太痛苦，太可怕，太压抑了。他被失眠折磨得筋疲力尽，形销骨立，最后还是逃回桥上，在水声、车声、马蹄声、人声组成的催眠曲中安然睡去。

在这个故事发生的年代，伦敦桥还给孩子们提供英国史的“实物教学”。在桥头门楼顶端的铁矛尖上，经常戳着一些大人物乌青腐烂的脑袋。不过，这个暂时先放下不提。

亨顿就住在伦敦桥上的一间小客栈里。他和小国王刚走到门口，就听见一个粗野的声音：“嘿，你总算来了！听好了，你这回可别想跑了。老子要拆了你的贱骨头，让你小子长长记性，看你还敢不敢让俺们等这么久。”说着，约翰·康泰伸手就去抓小国王。

迈尔斯·亨顿连忙拦住他：“且慢，伙计。用不着动粗嘛。这小子是你什么人？”

“你小子多管啥闲事？他是我儿子！”

“胡说！”小国王气冲冲地大吼。

“有胆量，小子，不管你脑子好不好使，我都信你。不管这个无赖是不是你爹，只要你愿意跟我走，我就不会把你交给他，让他揍你欺负你的。”

“我愿意，我愿意跟你走——我根本就不认得他，我讨厌他，死也不要跟他走。”

“那就这么定了，其他也没啥好说了。”

“走着瞧吧你！”约翰·康泰大吼一声，想从亨顿身边绕过去抓小国王，“看看老子的本事……”

“你这臭杂种，敢动他一根毫毛，老子就宰了你！”亨顿作势要拔剑，挡住他的去路，把康泰老爹吓得退了一步。“听好了，”亨顿接着说，“刚才有一帮跟你一样的家伙欺负这小子，大概还想要他的命。我刚刚救了他，现在怎么可能丢下他，让他才出虎穴又进狼窝？不管你是不是他爹——说实话，我觉得你是胡扯——这小子就算求个速死，也比落到你手里强。还不快滚，麻溜地！大爷我可没啥耐心，懒得跟你啰唆。”

约翰·康泰嘟囔着骂了两句，就消失在了人群之中。亨顿走进客栈，先叫了些饭菜，吩咐店家送上楼，然后带王子爬上三楼，进了他住的客房。屋里简陋极了，只有一张破床和几件七零八落的旧家具，点着几根蜡烛，勉强能照个亮。小国王又累又饿，拖着疲惫的身躯走到床边，一头栽倒在上面。当时已是凌晨两三点，他有一天一夜没歇脚，也没吃东西了。所以，他只嘟囔了一句“开饭了叫我”，就昏昏沉沉地睡了过去。

亨顿忍俊不禁，喃喃自语：“哎哟，这小叫花子到了人家地盘，占了人家的床，还那么心安理得，好像全是他的一样——连句‘不好意思’‘打扰了’都没说。他犯起疯病来，说自己是威尔士亲王，一举一动还挺像那么回事呢。这可怜的小家伙无依无靠，肯定是受了欺负才疯的。好吧，我救了他，就做他的朋友吧。我对他挺有感情的，已经喜欢上这个爱说大话的小淘气了。面对那些坏家伙的时候，他那么雄赳赳气昂昂，真有军人的气派！他现在睡着了，痛苦悲伤全不见了，看起来多漂亮，多可爱啊。我要好好教导他，治好他的病。对，我要做他的大哥哥，关心他，照顾他。谁要敢欺负他，伤害他，那就等着受死吧。就算要搭上一条命，我也不会放过他的！”

他俯下身，怜爱地看着男孩的小脸，用黝黑的大手轻轻地拍了拍他的小脸蛋，又帮他梳了梳那头蓬乱的鬈发。男孩的身子轻轻颤抖了一下，亨顿立刻喃喃说道：“瞧瞧我，怎么能让他就这么躺着，什么也不盖，要是着凉了咋办？我该怎么办呀？又不能推醒他，叫他进被子里去睡，他太需要休息了。”

他四处打量，想再找条被子，但什么也没找着。于是，他便脱下自己的紧身衣，盖在男孩身上，边盖边说：

“我早就习惯穿得薄了，吹点冷风也没事！”接着，他边在屋里转来转去，促进血液循环，边跟刚才一样喃喃自语：“他脑子出了问题，一口咬定自己是威尔士亲王。如今王子已经当上了国王，他再说自己是王子就太奇怪了。这可怜的小子咬定这个不放，跟他也说不清，他应该自称国王才对……我在国外坐了七年牢，跟家里不通音信，要是我老爹还活着，肯定会欢迎这个可怜的小子，看在我的面子上收留他。我好心的哥哥亚瑟也会的。不过我弟弟休嘛——那个狡诈小人，坏心眼的畜生，他要是敢横插一脚，看我不敲破他脑袋！对，就这么办，咱们直接回家好了。”

这时，客栈伙计端来热腾腾的饭菜，搁在松木小桌上，再摆好椅子，就出去了，留下两个穷客人自己伺候自己。关门声吵醒了男孩，他一骨碌爬起来，先是开开心心地环顾四周，接着又变得满脸愁云，喃喃自语：“唉，原来是做梦，我真惨！”他发现迈尔斯·亨顿的紧身衣盖在自己身上，又看了看亨顿，立刻明白了他做的牺牲，便彬彬有礼地说：“你对我真好，是的，你对我太好了。给你，快穿上吧，我现在用不着了。”

接着，他下了床，走到墙角的脸盆架前，站在那儿一动不动。亨顿兴高采烈地说：“现在咱们可以好好吃一顿饭了，饭菜都不错，还冒热气呢。你刚才睡了一觉，再饱饱吃上一顿，马上就会变回棒小伙了，别担心！”

男孩一句话也没说，只是盯着高大的剑客，眼睛里写满惊讶，还有几分不耐烦。亨顿一时间摸不着头脑，开口问道：“怎么了？”

“先生，我要洗漱。”

“噢，这个呀。不用客气呀，你想干吗都行，我的东西随便用好了。”

男孩还是站在那儿一动不动，还不耐烦地跺了两下脚。亨顿完全糊涂了：“老天啊，到底怎么了？”

“倒水呀，别废话了！”

亨顿差点笑出声，心中暗想：“老天啊，还挺像那么回事！”他快步走上前，照男孩的吩咐倒上水，然后呆呆站在一旁。直到男孩一声令下“毛巾拿来”，他才回过神来，拿起男孩鼻子底下的毛巾，毫无怨言地递了上去。接着，他自己也洗了把脸。他在洗漱的时候，男孩已经在桌旁就座，准备大快朵颐了。亨顿快活地收拾妥当，拖过另外一把椅子，刚要在桌边坐下，男孩突然愤慨地说：“大胆！当着国王的面还敢坐？”

亨顿吓了一跳，心中暗说：“哟，这可怜的小家伙，发疯还会与时俱进呢！老国王驾崩，新国王继位，他就幻想自己成国王了！好家伙，我就顺着他来好了——唉，也没别的法子呀——不然他下一句就该把我关进伦敦塔了！”

亨顿也乐得逗孩子玩，便挪开椅子，站起身来，站在小国王身后，尽可能照宫里的规矩伺候着。

国王吃得开心，渐渐放下架子，打开了话匣子：“要是朕没听错的话，你说你叫迈尔斯·亨顿？”

“是的，陛下。”迈尔斯边回答边心说，“要顺着这个可怜的孩子来，我就得喊他‘陛下’呀，‘圣上’呀，绝不能敷衍了事。我得演好自己的角色，要是演不好，这件善事可就做不成了。”

国王又喝了一杯酒，兴致更高了，说道：“朕想了解你，说说你的事吧。你很英勇，气质也好，是出身贵族吗？”

“回禀陛下，我家属于末等贵族。家父是准男爵，也就是个小爵士，人称理查德·亨顿爵士，住在肯特郡修士岛附近的亨顿庄园。”

“这个名字朕倒没什么印象。接着说，把你的事统统说一说。”

“陛下，我的事加起来也没有多少，半个钟头就能讲完了。要是实在没别的事，陛下就听着打发时间吧。家父理查德爵士富甲一方，而且为人慷慨。家母在我很小的时候就去世了。我有一个哥哥一个弟弟，哥哥亚瑟心地善良，颇有家父风范，弟弟休阴险狡诈，是个卑鄙小人。他生来如此，十年前我最后一次见他的时候也是如此。那时他十九岁，已经是个十足的混蛋了。那时我二十岁，亚瑟二十二岁。我们有个表妹，名叫伊迪丝，年方二八，美如天仙，温柔贤淑，心地善良。她是伯爵的女儿，家族里只剩下她一个了，所以继承了大笔财产。家父是她的监护人。我们俩彼此相爱，但她从小就跟亚瑟定了亲，家父绝不会容忍毁约。亚瑟爱着别的姑娘，叫我们别灰心，说继续拖下去，加上点好运气，说不定大家都能得偿所愿。休爱的是伊迪丝小姐的钱，嘴上却说爱的是她的人。他一向说一套做一套，很会花言巧语，但这点伎俩可蒙不了伊迪丝。他最多只能蒙过家父，其他人谁也不会上当。家父在三个儿子里最宠他，也最信他，对他言听计从，毕竟他是老小嘛。但其他人都讨厌他。他那一张嘴像抹了蜜糖似的，撒谎更是张口就来，这两点最能讨父母欢心，也让老人家更溺爱他。

“我那时有点野——说实话，是‘特别’野——不过不会伤到别人，最多伤到自己。它不会让别人感到羞耻，也不会让别人失去什么。它不是犯罪，也不可耻，更不会有损我高贵的出身。

“但我弟弟休利用了我的这个缺点——他见哥哥亚瑟体弱多病，就想把我扫地出门，以后好霸占家业。陛下，这事说起来就话长了，也没啥值得多说的。简单来说，就是我弟弟夸大了我的缺点，把它变成了犯罪。他偷偷把一条软梯藏在我屋里，假装恰好发现，又收买了一些仆人和另外几个睁眼说瞎话的混蛋，拿出许多确凿的证据，让家父以为我打算违命不遵，带伊迪丝私奔。

“家父叫我离开英国，去外面打拼三年。他说，这会让我成为真正的男子汉，还能学点东西。我在欧陆战争中吃尽苦头，历经艰辛，在最后一战中不幸被俘，在国外坐了七年牢，尝尽了世间的酸甜苦辣，后来才靠智慧和勇气逃了出来。但我刚回到英国，温饱都成问题，也不知道这七年里亨顿庄园变了多少。陛下明鉴，小人的故事讲完了。”

“你是被陷害的！”小国王眼中燃起了熊熊怒火，“朕对天发誓，定会为你申冤！君无戏言！”

听完迈尔斯的经历，小国王也激动起来，说起了自己的不幸遭遇。迈尔斯听得瞠目结舌，心中暗想：“老天啊，他可真能编！这小脑瓜可不简单啊。不管疯没疯，普通人绝对编不出这么荒唐的故事。可怜的小疯子，只要我还活着，就不会让他无依无靠，无家可归。我绝不会让他离开我身边，我要让他做我的小家伙。他的病会好的，会健健康康、出人头地的。到时候，我就可以骄傲地说：‘对，他是我收留的，那时他还是个无家可归的小叫花子呢。但我看到了他的潜力，说他总有一天会出人头地的。瞧瞧他，我说得对不对？’”

国王又开口了，这次显然是经过深思熟虑的：“你救了朕一命，使朕免于受伤受辱，也就保住了王位。这份功劳朕铭记于心，今后必重重有赏。说说你想要什么，只要朕能办到，定会满足你。”

这个不切实际的提议让亨顿一下子回过神来。他本想婉言谢绝，说这是自己该做的，不要什么赏赐，但他脑子里突然蹦出了一个好主意。他请求国王给他点时间考虑一下，国王也就欣然应允，表示如此大事不该草率。

迈尔斯沉思了片刻，心中暗想：“对，就这么办吧——其他法子肯定行不通——没错，照刚才发生的事来看，我算是明白了，继续这么下去会累死的。对，我就这么说吧！幸好我没放过这个机会。”于是，他单膝跪地，大声说道：“为陛下尽绵薄之力，本是小人分内之事，既然陛下开恩，决定论功行赏，小人就冒昧提议了。正如陛下所知，大约四百年前，英国国王约翰和法国国王不和，双方各派出一位武士上场对决，以所谓的‘神裁法’解决争端。这两位国王和西班牙国王亲临现场见证并担任裁判。法国武士首先登场，显得神勇过人，英国骑士一看都不敢出场。形势对英王不利，因为这相当于英方弃权。当时，英国最英勇的武士德库西爵士被囚禁在伦敦塔里，爵位和财产被剥夺一空，长期监禁导致体力大不如前。英王请他出战，他答应下来，披挂上阵。法国武士早就听闻他的鼎鼎大名，再亲眼看见他魁梧的身材，吓得落荒而逃，法国国王就这么不战而败。后来，英王约翰恢复了德库西的爵位和财产，还表示：‘你有何愿望，朕都会满足。哪怕是要朕的半壁江山，朕也不会推诿。’德库西像小人现在这样跪倒在地，回禀国王：‘陛下，微臣的请求是，我和子孙后代在英王面前无须脱帽。只要王权存续，此项特权不改。”正如陛下所知，英王约翰恩准了。四百年来，这一家族血脉绵延不绝。直到今天，德库西爵士的后代在国王面前仍然不用脱帽，这是其他人都没有的特权。小人说起这个故事，是想请陛下开恩，赏赐小人一项特权——这就足以回报小人的绵薄之力了——请恩准小人和子孙后代在英王面前落座。”

“平身，迈尔斯·亨顿爵士，朕封你为骑士。”国王严肃地说，用亨顿的长剑执行了骑士册封礼，“起来坐下吧，朕恩准了。只要王权存续，此项特权不改。”

说完，国王陛下就若有所思地走开了。亨顿一屁股坐在桌边的椅子上，心中暗想：“幸好我灵机一动，总算是解脱了。我腿都站酸了，要不是想出这个主意，肯定得站上好几个礼拜，等那可怜的小家伙疯病好了才算完！”过了一会儿，他又想道，“我现在成了空想王国的骑士了！我平时干啥都讲求实际，背着这个爵位还真是荒唐。不过我可不能笑——天理不容！这对我来说是荒唐，但他可是当真的。其实换个角度来看，这对我来说也挺有意义，因为它反映了他慷慨大方的天性。”他停了片刻，突然想到，“哎呀，万一他当着别人的面喊出这个头衔怎么办？我穿得破破烂烂，哪里像个骑士嘛，肯定会招人笑话的！唉，随他吧，他爱咋喊就咋喊吧，我可不在乎。”

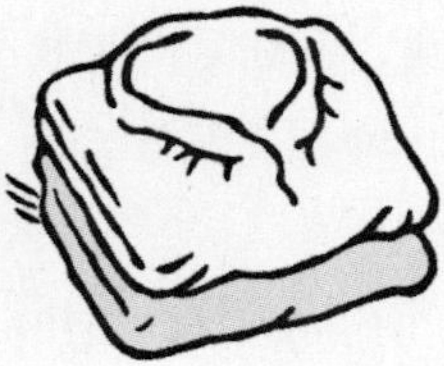

Chapter 13
王子失踪

一阵睡意袭来，两个伙伴都困了。小国王说："帮朕把这些破布脱了。"这说的是他身上的衣服。

亨顿毫无怨言地帮他脱衣，伺候他上床，又给他盖好被子，接着环顾四周，暗暗叫苦："他又占了我的床，我可怎么办啊？"小国王见他不知所措，就迷迷糊糊地指示："你就睡门口吧，守好门。"说完，他就进入了梦乡，把烦恼统统抛在了脑后。

"这小家伙，生来就是当国王的料！"亨顿赞叹不已，"演得真像那么一回事！"

说着，他就在门边的地板上躺下，伸了个懒腰，心满意足地说："过去七年我待的地方可比这差多了，要是现在还挑三拣四，那就太不知感恩了。"

天蒙蒙亮的时候，他才酣然入睡，这一觉就睡到了大中午。他爬起来，见男孩还在呼呼大睡，就赶紧掀开被子，拿一根细绳给他量了身。他刚量完，小国王就醒了，抱怨身上凉，问他在干吗。

“没什么，陛下。”亨顿说，“我出门办点事，很快就回来。接着睡吧，您需要好好休息。来，把脑袋也盖上，很快就会暖和起来了。”

他话还没说完，小国王就又进入了梦乡。迈尔斯轻手轻脚地出了门，三四十分钟后又轻手轻脚地回来了，带回一整套适合男孩穿的二手旧衣，布料不咋地，有些破损，但还算干净，是当季的衣服。他坐下来检查买回的衣服，喃喃自语：“要是钱多点，能买到更好的，可惜钱不多了，就勉强穿穿吧……”接着，他忍不住哼起了小曲，“‘我们镇上有个姑娘，我们镇上住着……’”

“哎呀，他好像动了一下。我不该唱这么大声的，打扰他休息可不好。这孩子累坏了，接下来还得赶路呢，可怜的小家伙……这件衣服挺不错，稍微补补就行了。那件更好，但也得缝上几针。这双鞋好，能让他的小脚暖和起来，不会再打湿了。这对他来说肯定很新鲜，他以前不管冬天还是夏天，肯定都习惯打赤脚……要是面包跟线这么便宜就好了，一个铜板就够买一年吃的了。这根漂亮的针没花钱，是白送的。唉，穿个针可真费劲！”

他确实费了半天劲才穿上。只见他一手拿住针，一手捏着线头，往针眼里送——男人都是这么穿针的，跟女人恰恰相反。他试了一回又一回，线头就是不听话，不是往左边偏，就是往右边溜，要不就是缠在针鼻子上。不过亨顿很有耐心，因为他当兵的时候干过这事。最后，他终于穿好了线，拿起搁在一旁的衣服，放在膝盖上补起来。“房钱付过了，包早饭，一会儿饭就送上来了。剩下的钱还能够买两头驴，路上两三天的花销也够了，反正到了亨顿庄园吃喝就不用操心了……”想到这里，他又哼起了小曲，“‘她爱着她丈夫……’”

“哎哟！针戳进指甲缝了！没事，反正也不是第一次了，就是有点疼……小家伙，放心吧，等我们回家就好喽！到时候麻烦一扫光，你的病也会好起来……”他继续哼小曲，“‘她深深爱着她丈夫，但另一个男的……’”

“瞧瞧这针脚，缝得多棒！”他高高举起衣服，得意地欣赏着，“什么叫大气！裁缝店的针脚那么小，太小家子气了。”他接着哼哼起来，“‘她深深爱着她丈夫，但另一个男的爱着她……’”

“啊哈，全部搞定，又快又好！好了，我该叫醒他，给他穿衣服，倒水洗漱，伺候他吃早饭，然后去南沃克市塔巴德客栈旁边的市集。陛下，该起床了！——哎，他不理我——嘿，陛下！真得推推他才行，就算会亵渎御体也顾不得了，光喊他听不见嘛。啊，怎么回事？！”

他一把掀开被子，男孩却不见踪影！

他大吃一惊，瞠目结舌。接着，他四下打量了一圈，发现男孩的破衣裳也不见了，顿时暴跳如雷，大喊客栈掌柜。这时，一个客栈伙计端着早饭进了屋。

“给我说清楚，你这狗杂种，不然要你狗命！”武士咆哮着冲上前去，把那伙计吓了一大跳，一时间话都说不出来了，“那孩子人呢？”

伙计抖抖索索、结结巴巴地答道：“老爷，您刚出去一会儿，就有个小伙子跑来，说您叫那孩子直接去伦敦桥靠南沃克市的那头找您，我就领他上楼了。他叫醒孩子，传了口信。那孩子还发牢骚呢，说不该‘那么早’叫醒他。但他还是穿上破衣服，跟那小伙子走了，还说老爷您该亲自过来，不该叫个陌生人来，这于礼不合什么的……”

“你这蠢货，有没有长脑子啊，这么容易上当？真该死！希望他没事，没人对他下毒手。我这就去找他！你把饭菜摆好。等等！床上的被子有人摆弄过，看着像下面有人躺着似的，这是怎么回事？”

“小人不知啊，老爷，那个小伙子摆弄了几下，就是那个来接孩子的家伙。”

“该死！他分明是要蒙我，好拖延时间。听着！那小伙子是一个人来的吗？”

“对，是一个人，老爷。”

“你确定？”

“确定，老爷。”

“蠢货，好好想想，仔细想想。”

伙计想了半天，才回答说：“他来的时候是一个人，不过我现在想起来了，他们上桥挤进人堆里的时候，有个长得凶巴巴的家伙从旁边钻出来，眼看就要跟上他们了……”

“后来呢？有话快说，有屁快放！”亨顿不耐烦地大吼一声，打断了他。

“后来他们就被旁边的人挡住了。掌柜的正好喊我，他火气可大了，因为有个教书先生点了份烤肉，结果单子没下。我对天发誓，那压根不是我的错，就像有人犯了法，非要怨刚出娘胎的娃娃……”

“行了，蠢货！哪来这么多废话，烦死人了！哎，站住，你往哪跑？多待一下会死呀？他们是去南沃克市了？”

“对的，老爷。就像我刚才说的，那份该死的烤肉又不是我的错，我比刚出娘胎的娃娃还……”

“还不快滚，哪来那么多废话？还不赶紧消失，欠揍啊你？”伙计马上脚底抹油溜了。亨顿跟在他后面出了门，很快就超过了他，三步并作两步冲下楼，嘴里还嘟囔着：“肯定是那个口口声声说是他老爹的混蛋。可怜的小疯子，我把他弄丢了——唉，想到这个就难过——我已经对他有感情了！不，我对天发誓，就算踏破铁鞋也要找到你！可怜的孩子，咱们的早饭就摆在那儿，可我现在一点儿胃口都没有，就留给耗子去啃吧——要快！一定要快！速度才是关键！”他急匆匆穿过桥上熙熙攘攘的人群，反复提醒自己：“他发牢骚，但还是去了。对，他去了，因为他以为是迈尔斯·亨顿喊他去的，可爱的小子！要是别人喊他，他绝对不会去的，我敢确定！”他牢牢抓住这个念头不放，想到这个，心里就好受了一些。

Chapter 14

新王万岁

这一天天还没亮，汤姆·康泰就从梦中醒来，在黑暗中瞪大了眼睛。他静静地躺了一会儿，想把脑子里的一团乱麻理清楚。突然之间，他激动地低声说："我明白了，我明白了！感谢上帝，我终于醒了！快乐，快来！烦恼，滚开！噢，南儿，贝蒂！踢开稻草，快过来呀，我做了个特怪的梦，给你们讲讲，你们保准大吃一惊！……嘿，我说，南儿，贝蒂，快过来呀！"

一个模糊的人影出现在他床前，说道："陛下有何吩咐？"

"吩咐？……噢，老天啊，我认得这个声音！你说，我是谁？"

"您是谁？您昨晚是威尔士亲王，今天是尊贵的陛下，英王爱德华。"

汤姆把脸埋进枕头里，哀怨地嘟囔着：“唉，原来不是梦啊！大人，你去歇着吧，让我一个人待着。”

过了一会儿，汤姆又睡着了，这回做了个美梦。他梦见那是夏天，自己一个人在称为“古德曼广场”的草地上玩，眼前突然出现了一个小矮人。那矮人只有一英尺高，弯腰驼背，留着长长的红胡须，对他说：“从那个树桩旁边往下挖。”他照办了，挖出十二枚崭新的便士——这可是一笔巨款哪！这还不是最棒的，因为小矮人又说：“我认得你，你是个好小伙子，这是你应得的。你的好报来了，苦日子到头了。每过七天到这里挖一次，都能挖出十二个便士。不要告诉别人，要保密哟。”

说完，小矮人就消失了，汤姆拿着这笔“巨款”跑回垃圾大院，边跑边想：“我可以每天晚上给老爹一便士，他会以为是我讨来的，心里一高兴，就不会揍我了。然后，每个礼拜给教我念书的好神父一便士。剩下的四便士给妈妈、南儿和贝蒂。我们再不用受冻挨饿，再不用发愁害怕，也再不用挨打挨骂了！”

在梦中，他气喘吁吁地跑回脏兮兮的家里，激动万分地把四个便士交给妈妈，大声说：“这是给你们的！所有的，都给你们！给你和南儿和贝蒂。这是老实得来的，不是讨的，更不是偷的。”

做妈的又惊又喜，紧紧把他搂在怀里，大声嚷嚷：“时辰不早了，陛下该起了。”

啊？这个回答实在出人意料，他一下子从梦中醒来。

他睁开眼睛，只见衣装华贵的首席侍寝官跪在御榻前。美梦破灭了，可怜的汤姆发现自己仍然是“囚徒”，仍然是国王。只见屋里站满了身披紫色斗篷的侍臣——紫色表示哀悼——还有许多专门贴身侍奉国王的贵族。汤姆坐起身，隔着厚重的丝绸床幔，打量外面那群大人物。

接着，烦琐冗长的着装仪式开始了。侍臣一个接一个下跪行礼，对他的丧父之痛深表哀悼。侍从总管先拿起一件衬衣，递给首席内侍官，首席内侍官递给次席侍寝官，次席侍寝官递给温莎御林首席护林官，首席护林官递给三等宫廷侍从官，三等宫廷侍从官递给兰开斯特公爵郡大臣，公爵郡大臣递给服饰总管，服饰总管传给第三纹章官，第三纹章官递给伦敦塔典狱官，伦敦塔典狱官传给王室内务大臣，内务大臣传给世袭司巾官，世袭司巾官传给海军大臣，海军大臣传给坎特伯雷大主教，大主教传给首席侍寝官，首席侍寝官再给汤姆穿上。可怜的小汤姆看得头都晕了，眼前不禁浮现出了救火时一群人连环递水桶的情景。

每件衣服都要经过这套缓慢庄严的程序，搞得汤姆不胜其烦。当他看见丝质连裤袜终于沿着长长队伍送过来了，以为这套程序总算要告一段落了，心中不禁谢天谢地。可惜他高兴得太早了。首席侍寝官接过连裤袜，正要给汤姆穿上，突然涨红了脸，急匆匆把它递回坎特伯雷大主教手里，指了指连裤袜上的一个地方，一脸惊慌地低声说："大人，瞧啊！"大主教的脸色先是泛白，接着泛红，赶忙把连裤袜递给海军大臣，低声说："大人，瞧啊！"海军大臣吓得差点喘不过气来，把它递给世袭司巾官，好不容易憋出一句："大人，瞧啊！"就这样，连裤袜又沿着长队传了回去，依次经过王室内务大臣、伦敦塔总管、第三纹章官、服饰总管、兰开斯特公爵郡大臣、三等宫廷侍从官、温莎御林首席护林官、次席侍寝官、首席内侍官——每个人都惊恐不已地低声感叹："瞧啊！瞧啊！"——最后回到了侍从总管手里。他接过来仔细端详了一阵子，脸色煞白，惊恐万状，嘶哑地低声说："天哪，吊袜带上怎么少了一截花边？快把御袜总管关进塔里！"说完，他就魂不附体地倒在首席内侍官肩头，等仆人换上一条完好无缺的连裤袜。

幸好凡事都有个尽头，汤姆·康泰总算穿戴得当，可以起床了。专司倒水的侍臣倒上水，专司洗漱的侍臣伺候洗漱，专司手巾的侍臣递上手巾。汤姆好不容易熬过了洗漱仪式，又有御用理发师来替他打理。经过大师的一番修饰，他顿时容光焕发。只见他身披紫色缎子斗篷，下身是紫色缎子短裤，头戴饰以紫色羽毛的软帽，打扮得像个漂亮姑娘。接着，他颇有王室气派地经过一群毕恭毕敬的侍臣，向早餐室走去。他经过的时候，人们纷纷后退让路，跪地向他行礼。

吃完早饭后，他在侍臣和五十名手执镀金战斧的侍卫陪同下，按照王室礼仪走进王座室，在此处理政务。他舅舅赫特福德伯爵侍立在王座旁，随时准备为国王出谋划策。

先王指定了几名位高权重的大臣执行遗嘱，他们的代表前来觐见汤姆，请新国王批准几项事宜——这只是走个形式，但也不完全是走形式，因为暂时还没有护国公。坎特伯雷大主教报告了遗嘱执行委员会对先王丧事的安排，最后宣读了执行委员名单——坎特伯雷大主教、英国大法官、圣约翰爵士威廉、罗素爵士约翰、赫特福德伯爵爱德华、莱尔子爵约翰、达勒姆主教卡斯伯特。

汤姆根本没注意听，因为刚开头的一句话就让他满腔疑惑。他扭过头，小声问赫特福德伯爵："他说葬礼定在哪天？"

"下个月十六日，陛下。"

"太荒唐了吧，能放得住吗？"

可怜的小家伙，他还不了解王室习俗。在他出生长大的垃圾大院里，人死了马上就会被拖出去埋了。不过，赫特福德伯爵解释了几句，他就放下心来。

这时，一位国务大臣呈上了委员会的一项决议，定于第二天十一点接见外国使臣，望国王陛下批准。

汤姆疑惑地看着赫特福德伯爵，伯爵低声说："陛下应该准奏。陛下和英国遭此不幸，他们是代本国君主前来表示哀悼的。"

汤姆照办了。接着，另一位国务大臣宣读了一份先王宫廷开支报告，前六个月的总开支高达两万八千英镑。听到这个数字，汤姆倒吸了一口凉气。听到其中两万英镑还是借款，至今尚未还清，他又倒吸了一口凉气。等他发现国库已经快空了，一千二百名仆人迟迟没发薪水，生活难以为继，不禁又倒吸了一口凉气，焦虑不安地大声说："情况不妙啊，咱们该换个小点的房子，把仆人统统开了，反正他们也没啥用，只会耽误事。他们做的那点事可真丢人，除了没脑子也没手的木头人，谁不会自己做啊。我知道比林斯门那边有栋小房子，就在鱼市对面……"

汤姆的胳膊被人使劲捏了一把，他这才发现自己又胡言乱语了，顿时涨红了脸，赶紧闭上了嘴。不过在场的人都神色自若，似乎根本没听见那番胡话。

这时，又有一位国务大臣上前禀报，先王在遗嘱中提到，封赫特福德伯爵为公爵，封其幼弟托马斯·西摩为贵族，封赫特福德之子为伯爵，其他几位忠臣也得到了类似的封赏。委员会决定于二月十六日召开会议，确认并宣布这些爵位。与此同时，由于先王未以书面形式赏赐相应的封地，委员会深明先王旨意，建议赏赐西摩"可收五百英镑地租的土地"，赏赐赫特福德之子"可收八百英镑地租的土地"，如果今后再有没收主教领地，则再赏赐他"可收三百英镑地租的土地"，恳请陛下恩准。

汤姆刚要脱口而出，说钱不该这么浪费，还不如先把先王的欠债还了，赫特福德伯爵眼疾手快，赶紧碰了一下他的胳膊，及时制止了他信口开河。他不情不愿地准奏了，嘴上没说什么，心里却不舒服。他坐在宝座上，想到自己轻轻松松就办了这么多大事，突然冒出一个念头：何不封他亲娘为垃圾大院的女公爵，赏她一块封地呢？但转眼之间，他就郁闷地想到，自己不过是名义上的国王，那群经验丰富的贵族才是他的主人。在他们眼里，汤姆的亲娘不过是他发疯幻想出来的。他们只会忧心忡忡地听他提议，然后传召御医给他看病。

枯燥无味的事情没完没了。宣读请愿书啦，宣读特许状啦，宣读各种声明啦，宣读啰里啰唆、让人烦不胜烦的公文啦。最后，汤姆郁闷地叹了口气，喃喃自语：“我到底是造了什么孽，老天要这么折磨我，让我离开垃圾大院，离开自由的空气和阳光，关在这里当国王受罪？”他脑袋昏昏沉沉，越垂越低，最后干脆往旁边一歪，打起了瞌睡。少了威严的君主行使批准大权，大小事务都办不下去了。周围一片寂静，各位贤臣也停止了出谋划策。

上午的时候，经过两位监护人赫特福德伯爵和圣约翰爵士的许可，汤姆跟伊丽莎白和简·格雷两位公主度过了一段愉快的时光。不过，因为先王不幸去世，两位公主显得闷闷不乐。汤姆的拜访快要结束的时候，他的“姐姐”——也就是后来历史上著名的英国女王“血腥玛丽”——跟他进行了一次严肃的谈话，彻底扫了他的兴。在他看来，这次谈话只有一个优点，那就是短。接着，他一个人待了一会儿。不一会儿，一个瘦瘦高高的男孩就走了进来。他看着大概十一二岁，除了雪白的环状皱领和袖口花边，浑身漆黑一片——从紧身上衣到连裤袜，统统是黑色的。他没有披服丧的紫斗篷，但肩头用紫色绸带打了个结。他没戴帽子，垂着脑袋，战战兢兢地走上前来，在汤姆面前单膝跪地。汤姆坐着一动不动，仔细打量了他一番，才开口说道：“起来吧，孩子。你是谁？来干吗？”

男孩从容起身，规规矩矩地站在一旁，满脸焦虑地说：“陛下，您不认得我了？我是您的挨鞭童啊！”

“我的挨鞭童？”

“是的，陛下。我叫汉弗莱，汉弗莱·马洛。”

汤姆觉得监护人应该事先提醒自己一下的。现在情况不妙啊，他该怎么办才好？要是他装作认识这孩子，一开口就会露馅了，毕竟他从没听说过这个人。不，那可不行。他突然想到一个好主意，顿时浑身轻松。赫特福德伯爵和圣约翰爵士属于遗嘱执行委员会，都有要事在身，不可能总陪在他身边，因此这种意外事件时常可能发生。也许他可以自己想个法子，应付类似的突发情况。没错，这个点子棒极了——他可以拿这个男孩试一试，看看能不能行得通。于是，他便一脸困惑地抹了抹额头，说道：“我好像想起来了一点儿——但我脑子有点迷糊，因为……”

“哎呀，我可怜的小主人！”挨鞭童同情地嚷嚷起来，同时心中暗道，“他们说得没错，他真的疯了。唉，真可怜！我怎么这么笨，竟然忘了这事！他们都说，要假装没看出他疯了。”

“最近怪得很，我记性不大好，”汤姆说，“不过别担心，我很快就会好起来的。只要你稍微提醒一下，忘掉的人和事我都能记起来。（没错，还不止这个呢，就算是没听说过的人和事，我也能说出来。这孩子马上就会见识到我的厉害了！）说说看，你到底是干吗的？”

“小人无足轻重，陛下，您要是乐意听，小人就说说吧。两天前上早课的时候，陛下在希腊语课上犯了三次错——您还记得吗？”

“嗯，没错——我还记得呢。（这不算说谎——要是我真去学希腊语，恐怕不止犯三次错，得犯个几十回吧。）对，我现在想起来了，接着说。”

“太傅说您不用功，脑子也不好使，要拿鞭子狠狠抽我一顿，还说……”

“拿鞭子抽你？”汤姆吓了一跳，“是我犯的错，干吗抽你啊？”

“啊，陛下您又忘了。只要您功课没学好，他都要拿鞭子抽我的。”

“对，对——我刚才又忘了，你教我念书，要是我没学好，他就说你不中用，然后……”

“啊，陛下，您这是什么话？小人是您最卑贱的奴仆，哪敢教您啊？”

“那你到底错在哪了？这是打啥哑谜呢？到底是我疯了，还是你疯了？快说，说明白点。”

“可是，陛下，有什么不明白的？威尔士亲王的御体神圣不可侵犯，每当您犯了错，小人就代您受罚。这合情合理，毕竟这是小人的工作，小人就靠这个养家糊口啊。”

汤姆瞪着这个斯斯文文的男孩，心里暗想：“唉，真是怪事，这份工作可真有意思。他们怎么就不找个男孩替我梳头，替我穿衣服呢？要是那样就好了！要是真能那样，我宁可自己挨鞭子，还会感谢老天呢！”接着，他大声问：“可怜的孩子，那他抽你了吗？”

“回禀陛下，还没呢，原本是说今天抽的，不过可能会取消，因为赶上了先王去世。小人也不确定，所以大胆来找您，是想提醒一下陛下，您说过要替我求情的……”

“找太傅求情？叫他别抽你？”

“啊，您还记得！”

“你瞧，我都想起来了。放心吧，你不会挨鞭子的，我保证。”

“噢，仁慈的陛下，小人感激不尽！”男孩双膝跪地，欢呼起来。但接下来，他又为难地说：“小人还有个请求，也许有些冒昧，不过……”

汤姆见汉弗莱有点犹豫，就表示自己“心情甚佳”，鼓励他往下说。

“那小人就直说了，因为这是小人的心里话。您现在已经不是威尔士亲王，成了英国国王，您说的话就是圣旨，没有人敢说不。您也许不想再学那些无聊的功课，只想把课本统统烧掉，找些轻松的事做做。但要是那样，我就死定了，还有我那几个孤苦伶仃的姐妹！”

“死定了？怎么回事啊？”

“噢，仁慈的陛下，我是靠挨鞭子养家糊口的啊！要是没鞭子挨，我就得饿肚子了。您要是不念书，就用不着挨鞭童，我的饭碗也就没了。求求您了，千万别赶我走啊！”

汤姆被他的哀求打动了，宽宏大量地表示：“别担心，孩子，这个位置永远留给你和你的子孙后代。”接着，他抽出宝剑，在男孩肩头轻轻一碰，大声说道：“平身，汉弗莱·马洛，英国王室的世袭挨鞭童！别担心了，我会回去念书的，而且念得一团糟，让你的活多得干不完，他们得发你三倍工钱才行。”

汉弗莱感激涕零，说道：“噢，尊贵的陛下，太谢谢您了！您的大恩大德，小人永世难忘。小人这辈子都会笑得合不拢嘴，马洛家的子孙后代也是！”

汤姆脑筋转得快，看出这孩子对自己有用，就鼓励汉弗莱多说说。汉弗莱也乐意效劳，觉得这是在帮汤姆“治病”。因为每当他说完御书房和宫里发生的事，汤姆“糊涂的脑子”就能清晰地“回忆”起那些事。一个钟头过后，汤姆的脑子里已经装满了宫里的宝贵信息。于是，他决定每天都这么打探信息。为了做到这一点，他颁布了一道圣旨，特许汉弗莱每次直接到国王的房间面圣，只要国王当时没有接见其他人就行。

汉弗莱前脚刚离开，赫特福德伯爵就来了，还给汤姆带来了新麻烦。他说，遗嘱委员会成员担心国王精神错乱一事已经传开，认为最明智的做法是陛下尽快当众用膳。这么一来，就算谣言真的传开了，只要陛下朝气蓬勃，举止得体，风度翩翩，定能稳定民心。

随后，伯爵非常巧妙地告诫汤姆——还装作是帮他“回忆”他早就知道的事——在那种场合有哪些注意事项。结果，他发现汤姆在这方面并不需要多少帮助，不禁喜出望外。原来，汉弗莱早就告诉汤姆，最近宫中流传着小道消息，说国王几天后就要当众用膳。不过，这事汤姆从没对别人提起过。

伯爵见国王的记忆力大有好转，就假装随意地提了几个问题，想看看他到底恢复了多少。只要是汉弗莱提起过的事，汤姆都对答如流。伯爵相当满意，充满希望地说：“微臣确信，只要陛下稍微动动脑筋，定能想出玉玺现在何方——玉玺失踪在昨天是件大事，但到今天已经没关系了。毕竟先王已逝，它也就失去效力了。陛下可愿试着想想？”

汤姆完全迷糊了——玉玺是啥玩意儿呀，他见都没见过！他愣了一会儿，才一脸天真地抬头问道："大人，它长什么模样？"

伯爵吃了一惊，但没表现出来，只是心中暗道："哎呀，他的脑子又糊涂了！还是别让他往这方面想了，只会越想越糟。"于是，他巧妙地转移话题，盼着汤姆忘掉玉玺的事。自然，他的努力很快就见效了。

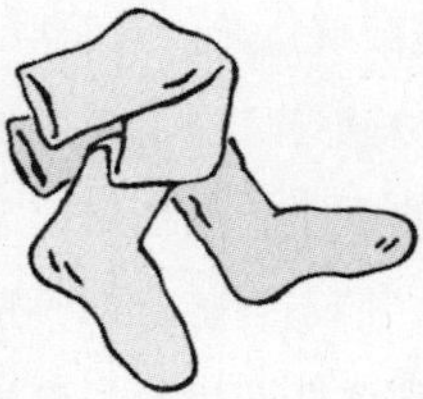

Chapter 15

英王汤姆

第二天，各国使节带着大批随从接踵而至，汤姆威严庄重地坐在王位上逐一接见。起初，他看得眼花缭乱，激动不已，但久而久之也就烦了，大多数致辞也都枯燥无趣。最初的快活变成了烦闷，他开始想家了。他时不时说上几句赫特福德伯爵教他说的话，努力想让所有人都满意。但他毕竟对这些皇家仪式不熟悉，只觉得浑身不自在，最多只能勉强应付过去。他表面上看起来像个国王，内心却没有当国王的感觉。等到接见结束，他才算是松了一口气。

这一天大部分时间他都在处理政务，觉得这些时间统统是“浪费”的。就连两个钟头的王室娱乐活动，对他来说也是种负担，因为有那么多限制，还有那么多礼数。不过，他跟挨鞭童单独待了一个钟头，倒是觉得赚了。这段时间他不但玩得开心，还学了不少宫里的玩意儿。

汤姆·康泰当国王的第三天跟前两天差不多，只是没那么迷糊了而已。他没有刚开始那么不自在了，渐渐习惯了周围的环境，虽然有时候还缩手缩脚，但不是随时都手足无措了。随着时间一点一点过去，在那些恭恭敬敬的贵族面前，他发现自己终于不那么局促了。

但有一件事一直让他提心吊胆。他一想起第四天即将到来就满心焦虑，因为从那天开始，他就得当众用膳了。那一天的日程安排里，他要主持会议，阐述他对远近各国外交政策的看法并颁布圣谕；赫特福德将正式成为护国公；另外还有几件重要政务。但在汤姆看来，这些跟当众用膳比起来都算不了什么。他要在众目睽睽之下独自用餐，周围的人会议论纷纷，对他的一举一动评头论足。要是他不巧犯了什么错，那些人肯定会抓住说个没完。

但不管他愿不愿意，第四天还是到了。可怜的汤姆心不在焉，怎么也打不起精神，怎么也摆脱不了这个噩梦。早晨的例行着装仪式慢腾腾地进行着，搞得他不胜其烦。他再一次觉得自己被束缚住了，重担沉甸甸地压在心头。下午晚些时候，他在宽敞的觐见室里跟赫特福德伯爵有一搭没一搭地说着话，百无聊赖地等着一大群达官显贵前来觐见。

过了一会儿，汤姆走到一扇窗边，被宫门外大街上熙熙攘攘的人群吸引了——还不仅仅是被吸引，更是渴望融入其中，享受那种自由自在的生活。只见一大帮下等人簇拥着一男一女和一个小姑娘，吵吵嚷嚷地沿着大街走了过来。

“真想知道他们是去干吗呀！”汤姆一时好奇，忍不住说出声来。

“您是国王！”伯爵鞠了一躬，郑重其事地回答，“微臣愿为陛下效犬马之劳。”

“噢，那太好了！快去！”汤姆激动地大声说，心满意足地想，“说真的，做国王也不是完全没好处嘛，这还挺方便的。”

伯爵召来一名侍从，吩咐他向侍卫队长传令：“陛下有令，拦下那帮刁民，问清为何喧哗。”

不一会儿，一群盔明甲亮的皇家侍卫列队而出，拦在宫门口的大街上，挡住了那群人的去路。信差回来报告，有一男一女和一个小姑娘因扰乱治安被处以死刑，那群人是去围观行刑的。

死刑——而且是惨死——那三个人真可怜！汤姆顿生恻隐之心，把其他念头都抛在了脑后。他压根没想到这些人犯了法，也没想到他们害了谁，满脑子只有绞刑架上的尸体。他满心关切，一时忘了自己不是真正的国王，不禁脱口而出："把他们带上来！"

话刚一出口，他就涨红了脸，正想解释几句呢，却发现伯爵和侍从们毫不惊讶，便硬生生把到嘴边的话咽了下去。侍从一副理所当然的模样，毕恭毕敬地朝他鞠了一躬，就出去传旨了。汤姆顿时感到无比骄傲，再次意识到了当国王的好处，心想："我以前读老神父的故事书，想象自己是王子，对所有人发号施令'去做这个，去做那个'，谁也不敢违抗我，现在竟然成真了！"

这时，门开了，传令官报出一个个响亮的头衔，被报到名号的人依次走进屋里，衣着华丽的达官贵人很快就把觐见室占了一半。但汤姆根本没注意那些人，只是心不在焉地坐在王位上，急不可耐地盯着门口。满屋贵族为表敬意，都没有打扰国王陛下，低声聊起了国家大事或宫廷传闻。

没过多久，一阵整齐的脚步声由远及近。只见副治安官领着一名侍卫，将三名犯人押送进来。治安官在汤姆面前跪地行礼，然后起身站在一旁；三名犯人也跪倒在地，然后一动不动地跪在那儿；侍卫则在汤姆的王座后站定。汤姆好奇地扫了一眼犯人，那个男人的模样打扮看着似乎有点眼熟。"那人我好像在哪见过……但是在哪呢，啥时候呢？"汤姆心想。这时，那个男人迅速抬头瞄了一眼，又马上低下头，不敢直视威严的国王陛下，但这一下汤姆正好看清他的脸。“我想起来了，他不就是把贾尔斯·威特从泰晤士河里救上来的那个陌生人嘛？对，就在新年的头一天，那天风呼呼吹，可冻死人了。他很勇敢，做了件好事，可惜后来又做了坏事，才落到今天这般田地。我永远忘不了那一天，连时辰都记得可清楚了，因为一个钟头以后，钟刚敲十一下，奶奶就把我狠狠揍了一顿。那可真是一顿好打啊，跟它比起来，我之前之后挨的揍就跟玩儿似的。”

汤姆命人先把女人和小姑娘带下去，然后问副治安官：“此人所犯何罪？”

副治安官跪地回禀：“陛下明鉴，他毒死了人。”

汤姆原本挺同情那犯人，佩服他救了溺水的孩子，听到这个不禁大吃一惊。

“确定是他干的？”

“证据确凿，陛下。”

汤姆叹了口气，说道：“把他带下去吧——此人该当死罪。真可惜，他还挺勇敢的——唉，朕是说他看起来挺勇敢的。”

犯人突然双手紧握，绝望地绞着手，一脸惊恐，磕磕巴巴地哀求道：“噢，国王陛下，发发慈悲，可怜可怜我吧！小人是被冤枉的，他们证据不足就给俺定了罪——但俺想说的不是这个。判决书都下了，改是不可能了，但那种死法俺实在受不了，求陛下开恩！国王陛下，可怜可怜我吧！您就大发慈悲，下令吊死小人吧！”

汤姆一头雾水，这大大出乎他的意料。

“老天，这叫什么大发慈悲！原本不就是要吊死你吗？”

“噢，仁慈的陛下，不是啊！小人被判的是‘活活煮死’！”

这话吓得汤姆差点从王位上跳起来。他好不容易才镇定下来，大声说：“可怜人，就如你所愿吧！就算你毒死一百个人，也不该死得这么惨！”

犯人匍匐在地，拼命谢恩，最后一句是：“陛下慈悲为怀，万民敬仰，洪福齐天，免遭灾祸！天佑吾王！”

汤姆扭过头问赫特福德伯爵：“大人，这种酷刑有何根据？”

“陛下，这是法律规定，专门用来惩治犯人的。在德国，造假币的犯人都要下油锅——不是一次丢下去，而是拴着绳子，慢慢往油里放。先炸脚，再炸腿，然后才……”

“噢，别说了，朕受不了了！”汤姆大叫着捂起眼睛，不忍想象那番惨状，“传旨下去，马上把这条法律改了。噢，别让可怜的老百姓再遭这种罪了！”

伯爵听了一脸欣慰。他为人宽容仁慈——在那个残酷的年代，这在贵族阶级里可不多见。“陛下一言既出，这项法律就已废止。陛下的仁慈将永垂史册！”

副治安官正要把男犯人押下去，汤姆突然示意他稍等片刻，问道：“此事必有蹊跷。此人说定罪证据不足，你能否说明一下？”

“陛下明鉴，此案审理期间有人可以证明，此人走进伊斯灵顿村一个病人家里——有三个证人说是上午十点整，两个证人说要晚几分钟——总之，病人当时独自在家睡觉，此人进去没多久就出来了。他走后，病人浑身抽搐，呕吐不止，不到一个钟头就没命了。”

“有人看见他下毒了吗？找到毒药了吗？”

“没有，陛下。”

“那你怎么知道他下毒了？”

“回禀陛下，医生证明那种症状只可能是下毒所致。”

在那个愚昧的年代，这算是有力证据。汤姆对此无话可说，只能说：“医生是专家，说得应该没错。证据没站在这个可怜人一边啊。”

“还不止这个呢，陛下，还有对他更不利的证据。村里很多人都可以证明，有个巫婆私下跟他们说过，那个病人会被人毒死。那个巫婆早就离开村子，目前已经不知去向了。她说下毒的是个陌生人，头发是棕色的，穿得破破烂烂。这个犯人完全符合。陛下明鉴，既然巫婆早有预言，定然不会有误。”

当时的人都很迷信，这个说法有理有据。汤姆也觉得证据充分，这个可怜人罪名算是坐实了。不过，他还是给了犯人一个机会：“如果你想申冤，就现在说吧。”

“国王陛下，小人说了也白搭。俺是被冤枉的，但又没法证明。可惜俺在这儿没亲没故的，不然他们就能证明，俺那天根本不在伊斯灵顿村。他们说的那个时辰，俺还在十里地外的沃平石阶码头呢。陛下，他们说俺在害人的时候，俺正在救人。有个小孩掉进河里，差点淹死……”

“先等等！治安官，这事发生在什么时候？”

“回禀陛下，是新年的头一天，上午十点整，要不就是十点过几分……”

“快放了他——这是国王的旨意！”

前半句话刚一出口，汤姆就发现不太符合国王的身份，立刻涨红了脸。为了掩饰自己的失态，他赶紧补充说：“光凭这种站不住脚的证据就吊死一个人，朕实在看不下去！”

在场的贵族都窃窃私语，表示赞许。他们倒不是赞成汤姆的做法，因为释放已经定罪的投毒犯一点儿也不合乎时宜，没有谁会表示赞成或者佩服——才不是呢，他们佩服的是汤姆表现出来的智慧和魄力。众人议论纷纷：

“谁说国王疯了？他脑子好得很呢！”

“他提的问题多高明，处理起来多果断，跟以前一模一样！”

“谢天谢地，他的病好了！他一点儿也不糊涂，真是个英明的国王，跟他父亲就像一个模子里刻出来的！”

屋里赞许声声，汤姆多少听到了一些，顿时感到一阵欣慰，有点飘飘欲仙了。

但转眼之间，他的好奇心就把这愉快的感觉压了下去。他急着想知道，那个妇人和小姑娘到底犯了什么罪，竟然要被处以极刑。他一声令下，那两个惊慌失措、抽抽噎噎的犯人就被押了上来。

“这两个人是怎么回事？”他问治安官。

“陛下明鉴，她们使了巫术，这点证据确凿，因此法官依法判处她们绞刑。她们把灵魂卖给了魔鬼——这就是她们犯的罪！”

汤姆忍不住打了个寒战。他从小耳濡目染，知道应该憎恨这种邪恶的女人。不过，他还是想满足一下好奇心，所以问道："什么时候？什么地方？"

"回禀陛下，那是去年十二月的一个深夜，在一座旧教堂里。"

汤姆又打了个寒战。

"有谁在场？"

"回禀陛下，只有这两个人——当然，还有魔鬼。"

"这两人可曾认罪？"

"没有，陛下。她们一口否认。"

"那这事你是怎么知道的？"

"陛下明鉴，有证人看见她们半夜进教堂，就存了疑心。还有证据表明，她们用从魔鬼那里换来的法力召唤风暴，把附近一带全给毁了。这事有四十多个人能证明。其实就算要找一千个证人也找得来，因为大家全遭了灾，都记得清清楚楚。"

"此事非同小可。"汤姆琢磨了一番这桩重罪，然后问道："那这两人也遭灾了？"

在场的几位长者频频点头，觉得这个问题提得有水平。不过，治安官可没看出其中的深意，直吼吼地回答说："她当然也遭灾了，陛下，而且是罪有应得，大家都这么觉得。她住的窝棚被风刮跑了，她和孩子都没地方待了。"

“哦？据朕所知，这法力是她花很大代价换来的，结果却让自己遭了灾。就算她只付了一个铜板，也算上当受骗了。而为了这个，她竟然以自己和孩子的灵魂为代价，肯定是疯了嘛。既然她疯了，根本不知道自己做了什么，那这就不能算犯罪了。”

那几位长者又点了点头，认为汤姆确实很有头脑。有个人喃喃说道：“如果传言属实，国王真的疯了，那有些人要是能染上这种疯病，脑子说不定还能清醒点呢。”

“这孩子多大？”汤姆问道。

“回禀陛下，九岁。”

“根据英国法律，这么小的孩子能订立契约，出卖自己的灵魂吗？”汤姆扭头问一位学富五车的法官。

“陛下圣明，本国法律不允许儿童参与重大事务决策，因为他们的心智还不成熟，难以应对成人的阴谋诡计。魔鬼如果有意，也许能买下一个孩子，那孩子也能同意，但按照英国法律来看，此案中订立的契约是无效的。”

“英国法律不帮着英国人，反倒帮着魔鬼，这也太不合情理了！”汤姆激动地大吼起来。

这个新奇的观点让不少人露出了微笑，也让不少人牢记在心，打算在宫中四处宣扬，证明汤姆的神志已经恢复了。

那妇人已经不再抽泣，正满怀希望、激动不已地听着汤姆说话。汤姆看在眼里，越来越同情这个命悬一线、无依无靠的妇人。于是，他接着问："她们是怎么召来风暴的？"

"回禀陛下，靠脱袜子。"

汤姆吃了一惊，好奇心一下子被勾了起来，急切地问道："好神奇！只要脱袜子就行？"

"是的，陛下。只要这女人想要，再念几句咒语就行，不管是出声念还是默念都可以。"

汤姆扭头盯着那妇人，急不可耐地说："快施个法，我想看风暴！"

在场那些迷信的人个个脸色苍白，只想逃之夭夭，不过没人直说。汤姆压根没注意那些人，只想目睹一场大风暴。他见那妇人满脸疑惑，一副惊恐的样子，又兴奋地补了一句："别担心，朕恕你无罪。你现在自由了，没人敢动你一根毫毛。快施个法吧。"

"噢，国王陛下，俺根本不会施法啊！俺是被冤枉的！"

"你是害怕吧。别怕，他们不会伤害你的。来场风暴吧，小小的也行。朕也不想来场大风暴，伤到什么人，来场小的就行了。只要你召来风暴，朕就饶你一命，你和孩子就自由了。你有了国王的特赦，就没人再敢伤害你了。”

那妇人跪倒在地，泪流满面地对天发誓，说自己确实没有法力，没法制造出这种奇迹，不然肯定会照办的。别说国王陛下会放了她们两个，就算只能救下孩子，哪怕要搭上她一条性命，她也会心甘情愿去办的。

汤姆又催了她一回，妇人还是说办不到。最后，汤姆说：“朕认为她说的是实话。要是朕的妈妈处在她的位置，有魔鬼赐予的法力，为了救朕一命，她肯定会毫不犹豫地召来风暴，把全英国变成一片废墟的。天底下哪个妈妈都会这么做的！好太太，你和你孩子都自由了。朕认为你是无辜的。既然朕赦免了你，你就不用怕了——快把袜子脱下来！要是你能召来风暴，朕有重赏！”

那妇人连声谢恩，接着就照办了。汤姆激动地盯着看，心里稍有几分忐忑。旁边的侍臣们更是一脸不安。那妇人先扒下自己的袜子，又扯下小姑娘的袜子，想要召来一场大地震，回报陛下的大恩大德。但令人失望的是，她没能成功。汤姆叹了口气，说：“好吧，不用麻烦了，你的法力已消失了。放心走吧，要是它什么时候恢复了，别忘了给朕来场风暴呀！”

Chapter 16

当众用膳

当众用膳的时刻步步临近，但奇怪的是，汤姆并不太心烦，也不怎么害怕。早朝的事让他信心大增。更何况，经过四天的适应期，可怜的小乡巴佬已经习惯了这个奇怪的地方。如果换成是普通成年人，大概得整整一个月才能习惯。孩子适应环境的能力就是这么强。

让我们走进宴会大厅，瞧瞧汤姆即将用膳的地方。那是个宽敞的大厅，金漆立柱耀眼夺目，墙壁和天花板上满是精美图案。门口站着高大的侍卫，身穿独特的制服，手持长戟，像雕塑一般庄严肃穆。环绕大厅的楼座上，除了一队乐师，还挤满了衣饰光鲜的庶民议员，有男有女。大厅中间有个高台，汤姆的餐桌就摆在台上。正如当时的史官描述的：

“一名绅士手持仪仗走进大厅，另一名绅士手捧桌布紧随其后，两人恭恭敬敬跪拜三次后，后者将桌布铺开，随后两人行礼告退。接着又进来两名绅士，一人手持仪仗，一人手捧盐瓶、碟子和餐包。他们像前面两人一样行过跪拜礼后，后者将手里的东西摆在桌上，接着同样行礼告退。最后，走进两名服饰精美的贵族，其中一位手捧试味用的餐刀，极其优雅地跪拜三次后，走到餐桌前，把面包和盐摆在桌上，一副毕恭毕敬的模样，就像国王陛下已在桌前就座。”

庄严肃穆的餐前准备工作就此结束。这时，只听走廊另一头远远传来号角声和呼喊声：“国王驾到！尊贵的国王陛下驾到！”这些声音由远及近，不断重复，直到来到近前。“国王驾到！”一支令人目眩的队伍走了过来，整齐的脚步声在门口回荡。接下来，我们还是看看史官的描述：

“走在前方的是绅士、男爵、伯爵和嘉德勋章骑士，身穿华服，但没有戴帽；他们身后是大法官，两侧各有一名随从，一人手捧王室权杖，一人手捧国之重剑，红色剑鞘饰以金色鸢尾花；紧随其后的是国王陛下，他刚一现身，周围便鼓号齐鸣，向一国之君致敬。楼座上的观众也纷纷起立，齐声高呼‘天佑吾王’。国王身后是贴身侍奉的贵族，左右护驾的是皇家仪仗队，也就是五十名手持镀金战斧的侍卫。”

这盛大场面让汤姆心跳加快，眼睛里闪着快活的光芒。他举止优雅，颇有王室气派。这不仅是因为他被眼前的场面吸引住了，没有瞻前顾后，所以特别放松，还是因为习惯身穿华服后，不管是谁都不会显得粗俗无礼——更何况，当时他根本没意识到自己身穿华服。汤姆牢记伯爵的提点，向众人微微颔首示意，同时彬彬有礼地说“谢谢大家，亲爱的臣民们”。

他在桌前坐下，没有摘下帽子，不过一点儿也不觉得尴尬。因为，王室成员和康泰一家唯一的共同点就是吃饭时戴着帽子，汤姆早就习惯这样了。队列分散开来，人们各就各位，统统没有戴帽。

伴随欢快的乐声，皇家侍卫步入大厅。“他们是全英国最高大魁梧、最强壮有力的男士，每一名都经过精挑细选。”不过，我们还是再一次看看史官是怎么说的吧：

“皇家侍卫走进大厅，一律没有戴帽，身穿猩红制服，背后绣有金色玫瑰。他们进进出出，端来道道佳肴，都摆在银盘之中。一位绅士将菜肴逐一接过，放在桌上。试膳官从每道菜里舀上一口，让端菜的侍卫试吃，以防有人下毒。”

汤姆吃得津津有味，虽然他知道自己每吃一口，都有无数双眼睛紧紧盯着。就算他吞下的是炸药，会被炸得骨肉横飞，观众们也不会看得更入神了。他特别注意表现得从容淡定，做什么都不亲自动手，等专司其职的官员跪下代劳。整个用膳过程中，他一次错也没有犯，表现得完美无缺。

用膳完毕，他率领浩浩荡荡的队伍离开大厅，身边再次鼓号齐鸣，欢声雷动。他觉得当众用膳虽然很折腾，但如果能摆脱国王的其他差事，他宁可每天被折腾上好几次。

Chapter 17

疯子一世

迈尔斯·亨顿匆匆赶往伦敦桥靠南沃克市的那一头，边走边在人群中搜索，希望能尽快赶上他想找的人，结果却大失所望。他问了好多人，又在南沃克市找了半天，但那几个人踪迹全无，他都不知该怎么找下去了。不过，他还是没有放弃，一路努力打探。等到夜幕降临，他已是腰酸腿疼，又累又饿，仍然毫无线索。无奈之下，他只好到塔巴德客栈吃了晚饭，然后上床休息，打算第二天一早再出发，把南沃克市里里外外翻个遍。他躺在床上翻来覆去，思前想后：那孩子只要能找到机会，肯定会从口口声声说是他老爹的家伙身边逃走。他会不会跑回伦敦桥上的客栈？不，不会的，那样只会被抓回去。那他会怎么做呢？在碰上我迈尔斯·亨顿之前，他无依无靠，没有朋友，也没人保护。所以，只要他能逃出来，自然会来找我这个朋友。可是回伦敦又太危险，他说不定会去亨顿庄园，因为他知道我准备回家，在那里肯定能找到我。亨顿一下子就想通了——不能在南沃克耽误时间了，应该赶紧穿过肯特郡，冲向修士岛，去那边的林子里搜索，一路上边走边打听。

现在，我们再回头说说失踪的小国王吧。

客栈伙计看见伦敦桥上那个“眼看就要跟上”小伙子和小国王的流氓，其实并没有跟上去，而是紧紧跟在他们后面。他一声不吭，左臂吊着布带，左眼戴着绿眼罩，脚稍稍有点瘸，拄着橡木拐棍。小伙子领着国王绕来绕去，穿过南沃克市，来到了城外的大道上。小国王发火了，说什么也不肯再走，说亨顿应该来见他，而不是让他去找亨顿。他受不了这种无礼待遇，停下来就不走了。那小伙子说：“你朋友受伤了，躺在林子里，你倒在这儿不走了？那好，随你吧。”

小国王一听，态度顿时变了，大喊起来：“受伤了？谁伤的他？先不管了，快带朕过去，快点！快走呀，小子，你脚上灌铅了呀？他怎么受伤的？就算伤他的是公爵的儿子，朕也要叫他后悔！”

当时离林子还有一段距离，但他俩步履如飞，不一会儿就到了。小伙子四处张望，见地上插着一根树枝，上面绑了一小块破布，就领着小国王进了林子，边走边寻找同样的树枝。他们每走一段就会看见一根，显然那是路标，指向目的地。没过多久，他们就来到一片空地，那里有座被烧毁的农庄，旁边有个摇摇欲坠的谷仓。四下无人，一片寂静。小伙子走进谷仓，小国王也急急忙忙跟了进去。但里面根本没人！小国王大吃一惊，疑惑地盯着小伙子问："他人呢？"

小伙子哈哈大笑，一脸嘲弄。小国王顿时勃然大怒，抄起一根树枝就要冲上去。这时，身后又传来一声嘲笑。那是远远跟在他们后面的瘸子。小国王转过身，怒气冲冲地问："你谁啊？来干吗？"

"少装傻了，"那人说，"老子就随便化了个妆，你咋连自己老爹都认不出了？"

"你又不是朕的老爹，朕根本不认得你。朕乃国王！你把朕的仆人藏哪儿了？赶紧交出来，不然你会后悔的！"

约翰·康泰凶相毕露，一字一顿地说："老子知道你疯了，可不想揍你，但你要是惹毛了俺，就别怪老子动手了。你在这里说几句倒也没事，反正旁边没人。不过你那张嘴还是闭牢了，免得俺们换了地方会惹出事来。老子杀了人，在家没法待了——你也是，你得跟着俺。老子脑子灵光，已经改了姓，现在叫霍布斯，约翰·霍布斯，你叫杰克。记好了！好了，快说，你老娘和姐姐在哪？她们没去讲好的地方，你知道她们去哪了不？”

国王沉着脸说：“少跟朕打哑谜了。朕的母亲早就过世了，姐姐都在王宫里。”

旁边的小伙子一脸嘲讽，噗嗤一笑，国王刚要冲上去，康泰老爹——现在叫霍布斯了——伸手把他拦住，说：“得了，雨果，别惹他了。他脑子稀里糊涂的，你这样只会惹毛他。坐下吧，杰克，冷静点，吃点东西。”

霍布斯和雨果低声聊了起来，小国王想离那两个讨厌的家伙远点，就缩在谷仓另一头的阴暗角落里。那里光秃秃的泥巴地上铺了一尺厚的稻草，他就往上面一躺，扯了些稻草盖在身上当被子，接着陷入了沉思。他的伤心事多得很，但最让他难受的是父王去世了。对天底下其他人来说，亨利八世这个名字只会让人毛骨悚然，想起鼻孔喷毒气的恶魔，灾难和死亡的化身。但对小国王来说，亨利八世这个名字只会勾起快乐的回忆，让他想起亲切慈爱的脸庞。他回想着自己和父亲的一长串美好经历，泪水不禁滚滚而下。这证明了他的悲伤有多真诚，多深切。午后时光就这么转瞬即逝，小国王又累又难过，渐渐进入了梦乡，去梦中寻找宁静和安慰了。

过了好长一段时间——他也搞不清过了多久——他才

慢慢恢复知觉。在半梦半醒之中，他闭着眼睛躺在那儿，不知自己身在何方，也不知发生了什么事，只听见低沉的窃窃私语，还有雨点打在屋顶上的声音。他感到一阵惬意，但刺耳的谈笑声马上就打破了这种氛围。他吓了一跳，心烦意乱地掀开盖在头上的稻草，想知道那声音是从哪边传来的。就在这时，一幅丑陋恐怖的画面映入了他的眼帘。在谷仓的另一头，泥巴地中央燃起了一个大火堆，旁边横七竖八地挤着一群流浪汉。他们穿得破破烂烂，有男有女，在熊熊火光的照耀下形容可怖。他从来没在书里读到过这种景象，就连做梦也没梦见过。他们中间有高大健壮的男人，皮肤晒得黝黑，长发披散，穿着破衣烂衫；也有中等身材的年轻人，长相凶悍，同样衣衫褴褛；还有瞎眼的叫花子，不是戴着眼罩，就是缠着绷带；还有肢体不全的瘸子，装了木腿，拄着拐棍；还有病恹恹的家伙，虽然做了包扎，还是脓血直流；还有面相不善的小贩，带着自己的货物；还有一个磨刀匠，一个补锅匠，一个兼做小手术的剃头师傅，各自带着混饭吃的行头。女的有些是还没长开的小姑娘，有些是正值花季的少女，有些是满脸皱纹的老太婆，每个都嗓门巨大，脸皮超厚，满嘴脏话。男男女女都邋遢懒散，浑身脏兮兮的。里面还有三个脸上生疮的小娃娃，几条瘦巴巴的癞皮狗，脖子上拴着绳子，专门给瞎子引路。

等到天黑下来，那帮人填饱肚子，就开始痛饮狂欢了。酒壶在他们中间传来传去，突然有人嚷嚷起来："唱歌！唱歌！瞎子和瘸子唱个歌吧！"

有个瞎子站起来，扯下眼罩，露出看得清清楚楚的眼睛，抛开写着自己不幸遭遇的木板。瘸子卸下木腿，露出健康的好腿，站在老伙计旁边。然后，他们扯开嗓子，唱起了一支快活的小曲。每一节唱到最后，大家都会跟着合唱。等唱到最后一个小节，大家已经喝得醉醺醺的了，狂热的气氛也达到了顶峰，所有人齐声高歌。那一节从头到尾都是大合唱，嘹亮的歌声直冲云霄。那段激动人心的歌词是这样的：

永别了，咱的老家，
眼前就是漫漫长路。
永别了，咱的土地，
吊索长眠等着咱们。
咱在半夜打点上路，
咱在半空摇来晃去。
留下咱的破烂行头，
给那刽子手们分去。

唱完小曲，大家你一言我一语地聊了起来，不过用的不是歌里那些贼帮的黑话。只有怕外人听到的时候，他们才会讲黑话。从聊天中不难听出，“约翰·霍布斯”根本不是新手，很久以前就在贼帮里待过。大家叫他讲讲最近的情况，他说到自己“失手”杀了个人，大家竟然啧啧赞许；他补充说那人是个神父，周围竟然喝彩阵阵，他不得不跟每个人都喝上一杯庆祝。老伙计们都欢迎他回来，新人们也以跟他握手为荣。有人问他怎么“一走就是好多月，连个影子都不见”，他说：“伦敦比乡下好，这年头也比乡下安全，就是管得太严，狗腿子又厉害。要是没死人，俺还会在伦敦待着。老子本打算待在那边，再也不回乡下了。可惜死了人，俺实在是没辙了。”

他又问现在帮里有多少人，帮里的老大鲁弗勒答道：“总共二十五个伙计，干啥的都有。大多都在这儿，剩下的往东边去了，去搞些过冬的玩意儿。咱们等天亮就跟上去。”

“哎，这么多伙计，咋没见着疙瘩？他人呢？”

“那可怜的小子，早就下地狱了。他夏天跟人打架，嗝屁着凉了。”

“啊，可惜了，疙瘩挺能干，是个狠角色。”

“是啊，他马子黑贝丝还在帮里，不过跟着那些人往东边去了。她是个好丫头，懂规矩，一个礼拜顶多醉四天。”

“俺记得清楚呢，她挺正经的，模样也不错。她老娘挺没规矩，长得也不入眼，整个一母夜叉，不过脑子倒比其他人好使。”

“就是这个害她丢了小命。她会看手相，又能算命，结果有了名气，给喊成了巫婆，被抓去活活烤死了。她去见上帝之前可真有胆子，俺看着都掉眼泪了——那火直往她脸上蹿，点着了她那没几根的白头发，烧得噼噼啪啪响，她还冲周围的人破口大骂呢！唉，你就算活上一千岁，也别想听到骂得那么带劲的了。可惜了，她这一死，这门绝技就失传了。其他人骂起来都是花架子，只有她那是真家伙，可惜咱们以后再也听不着了。”

帮里老大叹了口气，听者也无不伤怀，一时间阴云遍布。就算是这些铁石心肠的社会渣滓，也不是完全没感情。在某些情况下，他们也会有一闪而过的失落和悲伤。比如这一回，帮里的天才不幸离世，却没留下继承人，他们就有如此的感慨。不过，开怀痛饮一番后，这帮人又打起了精神。

“还有其他伙计遭罪不？”霍布斯问。

“有啊，特别是新来的。有几个种地的，地被人家占了去养羊，他们没事可做，没饭可吃，只好出来讨饭，第一回被抓了绑在马车后头，扒了衣服，拿鞭子抽得血肉模糊。接着又上了脚枷，锁在刑场上示众。后来，他们又出来讨饭，结果不只挨了鞭子，还少了一只耳朵。第三回，他们又出来讨饭——唉，可怜的家伙，他们还能怎么办？——结果被烧红的烙铁在脸上留了印，当作奴隶卖掉了。他们逃跑，被抓回去，就给吊死了。俺这只是简单说说。还有些人没遭那么大的罪。过来，乡巴佬、烧疤、庄稼汉，给他瞧瞧你们挂的彩！”

被喊到的三个人站起身，脱掉破衣烂衫，露出背上纵横交错的鞭痕。一个人拨开头发，露出原本该是左耳的地方；一个人露出肩上的烙印——字母“V”——和只剩半茬的耳朵；另一个人说：“俺叫乡巴佬，原来是个种地的，日子过得不错，有婆娘也有娃儿——现在地没了，婆娘和娃儿也没了。他们大概上了天堂吧，也可能去了别的地方，不过谢天谢地，总算不在英国了！俺那好心的老娘靠照顾病人糊口，有个病人死了，大夫也说不清是咋回事，俺老娘就被当成巫婆烧死了，俺家娃儿在旁边看着哭。哼，这就是英国法律！来呀，来呀，干杯！一起干杯吧！为仁慈的英国法律干杯，感谢它把俺老娘救出英国这地狱！谢谢大家，谢谢你们！俺和婆娘带着饿肚子的娃儿挨家挨户讨吃的，但在英国饿肚子也是罪。俺们都被剥了衣服挨鞭子，在三座城里游街。来呀，再为仁慈的英国法律干一杯！鞭子喝足了俺婆娘玛丽的血，很快就让她解脱了。她躺在乱坟岗里，再也不会受苦了。至于俺的几个娃儿——鞭子赶着俺游街的时候，他们给活活饿死了。再干一杯，伙计们！为俺那几个可怜的娃儿干杯，他们啥坏事也没干过啊。后来，俺又出来讨饭，讨点面包皮吃吃，结果被上了脚枷，还丢了一只耳朵——瞧瞧，就剩这一点儿茬了。俺接着讨饭，另外一只耳朵也丢了，说是让俺长长记性。俺再出来讨饭，就被当奴隶卖了——喏，就在俺脸上这块脏东西下头，要是洗洗干净，你就能瞧见一个红色的'S'，是拿烧红的烙铁留的！'S'表示'奴隶'！你们懂这是啥意思吗？英国的奴隶哟！他就站在你们面前！俺从主人家跑出来，要是被抓到，按那该死的英国法律，俺就会被吊死！"

大家正听得入神，突然传来一个脆亮的声音："你不会的！从今天起，那条法律就作废了！"

所有人都转过身去，只见小国王模糊的身影越来越近。等他走到火堆前面，能看清模样了，大家纷纷发问："这谁呀？咋回事？小子，你谁呀？"

面对众人充满质疑的目光，男孩镇定自若地站在那儿，威严地说："我乃英王爱德华。"

众人哄堂大笑，半是嘲弄，半是觉得这玩笑开得不错。小国王怒了，厉声大吼："大胆刁民，还不快跪下谢恩！"

他气鼓鼓地两手乱挥，还想继续往下说，却被阵阵嘲笑声淹没了。"约翰·霍布斯"大吼了几声，让大家安静下来，最后好不容易成功了："伙计们，这是俺儿子，爱做白日梦，脑袋有点问题。别理他，他真觉得自己是国王呢。"

"朕真的是国王，"爱德华转过身，盯着他说，"你总有一天会知道的，到时就该后悔了。你刚承认杀了人，死罪难逃。"

"哎，你小子敢出卖老子？就你？看老子不揍扁你……"

"够了！"五大三粗的老大连忙制止，一拳把霍布斯打倒在地，救下了小国王。"好大的狗胆，连头儿和国王都不放在眼里了？再敢当着老子的面撒野，看老子不亲手弄死你！"接着，他对小国王说："小子，你也别吓唬自家伙计，出去也管好嘴巴，有些话别到处乱说。你这小疯子爱当国王就当吧，也没啥关系，但别用刚才那个名头——那可是叛国罪！俺们都不是啥好人，犯些小罪也就罢了，但没谁会背叛国王。俺们都忠君爱国得很，不信瞧好了。来，大家一起欢呼：‘英王爱德华万岁！’”

“英王爱德华万岁！”

那群混混发出了雷鸣般的欢呼，差点没把谷仓震塌。小国王一时间喜形于色，微微颔首，庄重地说：“谢谢你们，善良的百姓！”

这出人意料的回答又惹来一阵大笑。等笑声好不容易止住，帮里老大才和气但坚决地说：“够了，小子，这话可不好乱说。你想玩就接着玩吧，但得换个名头。”

那个补锅匠大声提议：“那就叫疯子一世，白痴国国王！”

大家立刻接受了，齐声高喊：“白痴国国王疯子一世万岁！”随之响起了阵阵倒彩、嘘声和哄笑。

“给他戴上王冠！”

“披上礼服！”

“拿上权杖！”

“登上宝座！”

类似的呼喊声此起彼伏。可怜的小家伙还来不及喘口气，脑袋上就被扣了个锡盆当王冠，身上披了条破毯子当礼服，手里塞了补锅匠用的烙铁当权杖，又被推搡着坐在木桶上当宝座。然后，大家一起跪倒在地，拿脏兮兮的袖子和破烂的围裙抹着眼睛，装出苦苦哀求的模样：

“噢，仁慈的国王陛下，求您开恩啊！”

“尊贵的陛下，听听咱们这些可怜人的请求吧！”

“可怜可怜奴才，赏赐小人一脚吧！”

“噢，伟大的太阳王，用您的万丈光芒温暖小人吧！”

“求您用御足踩踩这片土地，这样小人啃泥巴就能啃饱了！”

“噢，陛下，大发慈悲赏咱一口唾沫吧，咱家子子孙孙都不会忘了您的大恩大德！”

补锅匠最是滑稽，当晚拔得了头筹。只见他双膝跪地，假装去吻国王的脚，被气头上的小国王踹了一脚。他连忙问人讨了一块破布，盖在脸上被御足踢到的地方，说要好好保护起来，可不能让俗气玷污了，又说要拿去街上展出，瞧一眼收一百先令，准保能发大财。他的模样搞笑极了，惹得其他无赖羡慕不已。

小国王又羞又气，眼泪噗噗噗地往下掉，心想：“我又没做什么坏事，他们干吗这样对我？我对他们格外开恩，他们竟然这么对我！”

Chapter 18
王子与混混

第二天天刚蒙蒙亮，这帮混混就出发了，开始了他们的远征。头顶上的天空阴沉沉，脚底下的泥地滑溜溜，凛冽的寒风刮个不停。昨晚的愉快气氛已经无影无踪，有些人闷不作声，有些人暴躁易怒，哪个人心情都不好，每个人都想喝点酒。

帮里老大简单吩咐了两句，叫雨果照顾“杰克”，让约翰·康泰离那孩子远点，别去烦他，又警告雨果别对那孩子动粗。

过了一阵子，天气渐渐好起来，雾霾也散去了不少。这帮人不再冷得发抖，也有了精神。他们越来越快活，开始互相打趣，对路上的行人说些不干不净的话，显然又找回了生活的乐趣。路人都害怕他们，纷纷给他们让道，对他们的谩骂听之任之，谁也不敢还嘴。他们看见篱笆上晾的床单桌布就顺手牵羊，就算主人在旁边也照拿不误。主人家也不敢反抗，反倒像是在感激他们没把篱笆也一道顺走。

没多久，他们闯进了一个小农庄，像在自己家一样任意妄为。农场主和家人战战兢兢地搬空食物储藏室，给他们准备了一顿丰盛的早饭。农妇和女儿端来早饭的时候，他们还动手动脚，摸个下巴调戏一下啦，开点粗俗的玩笑啦，起个侮辱人的外号啦，粗野地嘎嘎大笑啦。他们还抓起骨头和蔬菜，往农场主和儿子们身上扔，害得他们躲来躲去。要是刚巧砸中了，这帮人还大声喝彩。有个女儿试图反抗，被他们拿黄油抹了一头。临走的时候，他们还威胁那家人说，要是胆敢报官，他们会回来连人带房子一起烧掉。

经过一上午的艰难跋涉，他们中午来到一座大村庄，在村外的篱笆后面停下脚步。大家先休息了一个钟头，然后分散开来，从各个方向进村，各自施展本领去也。“杰克”跟雨果一路，两人在村里转了一圈，雨果想找个机会偷东西，但是一无所获。最后，他不得不说：“这鬼地方没啥可偷的，咱们还是讨钱吧。”

“什么？‘咱们’？你想讨就自己去，我可不讨钱。”

“你可不讨钱？”雨果惊讶地盯着小国王，“你啥时变成这样了？”

“这话什么意思？”

“什么意思？你不是自打一出娘胎就在街上讨钱吗？”

“我？别胡说，你这蠢货！”

“省省吧，你连骂人都不会骂。你老爹说你一直在讨钱，难道他瞎说的？你胆子倒挺大，是不是还想说他就是瞎说的？”

“你说那人是我老爹？对，他就是瞎说的！”

“得了，小子，别装疯卖傻了。玩玩还行，可别惹事。要是我把这话告诉他，看他不扒了你的皮。”

“不麻烦你了，我自己会告诉他的。”

“你还挺有种嘛，这个我喜欢，可惜你没啥脑子。日子本来就不好过，用不着你自己找罪受，挨打的机会已经够多了。得了，我还是信你老爹吧。他经常睁眼说瞎话，这个我可不怀疑，但这事他又用不着乱编，因为咱们都是干这个的。要是吃力不讨好，聪明人可不会费力气说瞎话。好吧，要是你不愿讨钱，那咱们干吗呢？去抢人家厨房吗？”

国王不耐烦了：“少胡说八道了，烦不烦啊！”

雨果的脾气也上来了：“小子，听着，你不肯讨钱，不肯抢东西，都随你的便。但你得照我说的来！我来讨钱，你打掩护。再敢不听话，看我怎么收拾你！”

国王刚要嗤之以鼻，雨果就打断了他：“嘘！有人过来了，看着挺和气的。我假装犯病，倒在地上，等他跑过来，你就跪在地上，大哭大嚎，就像有一肚子委屈似的，然后说：‘噢，先生，我哥犯病了。我们哥俩无依无靠的，看在上帝的分儿上，可怜可怜这个爹不疼娘不爱的病人吧！他都快不行了，好心的先生，就给个铜板吧！’记好了，要一直哭一直哭，哭到他掏钱为止，不然等会儿有你好看的。”

说完，雨果马上哼哼唧唧，翻起白眼，踉踉跄跄地走起路来。等陌生人走近，他就惨叫一声，倒在那人脚下，在泥巴地上直打滚，看起来痛苦极了。

“天哪，天哪！”好心的陌生人大喊，“噢，可怜的，他多难受啊！来，我扶您起来。”

“噢，好心的先生，请别过来。您真是个大好人，愿上帝保佑您！可我犯的病不能碰，一碰就疼得要命。我弟弟会告诉您，我犯病的时候有多惨。给个铜板吧，先生，一个铜板就行，给我买点吃的。其他您就不用管了，留下我自己受苦吧。”

“一个铜板怎么行？可怜的，给你三个！”那人急急忙忙从兜里掏出三个便士，“给，可怜的孩子，拿好了，别客气。来呀，孩子，帮我把你犯病的哥哥扶进屋里，然后……”

“我不是他弟弟。”国王打断了那人的话。

“什么？不是他弟弟？”

“噢，老天啊！”雨果咬牙切齿，呻吟着说，“他连亲哥都不认了！他老哥都一只脚踏进坟墓里了啊！”

“孩子，他要是你亲哥，你这也太狠心了。真可耻！他手脚都动不了了啊！他要不是你哥，那他是谁？”

“小偷！叫花子！他拿了您的钱，又扒了您的口袋。您要想创造奇迹治好他，不如赏他两棍子，剩下的就交给老天吧。”

雨果可不想等奇迹发生，马上蹦起来，一阵风似的逃跑了。那位先生紧追不舍，边追边喊捉贼。小国王长出了一口气，感谢上帝自己终于能脱身了，然后往反方向跑去，直到觉得完全脱离险境，这才放慢了脚步。他走上了看见的第一条大路，很快就把村庄甩在了身后。他急急忙忙地往前赶，一连走了好几个钟头，时不时紧张地回头张望，生怕有人追上来。最后，他终于放下心来，觉得自己安全了，并为此感谢上天。这时，他才发现自己又饿又累，便在一间农舍前停下脚步。但他刚要开口，主人一看他的破衣裳，就粗暴地打断了他，忙不迭地把他轰走了。

小国王满心委屈地慢慢往前走，下定决心再也不要受这种委屈了。不过，饥饿最终压倒了自尊。天色渐渐黑下来，他又找了另一间农舍碰运气，结果更糟糕。那家人不但把他臭骂了一顿，还说他要是不马上滚开，就报官把他当流浪汉抓起来。

夜幕降临了，天又阴又冷，小国王的脚都走疼了，还在继续艰难跋涉。他不得不一直走呀走，因为只要一坐下来休息，就会感到刺骨的寒意。他在阴森恐怖、无边无际的黑夜里步步前行，以前从来没有过这样的感觉。每隔一阵子，他就会听到某种声音由远及近，跟他擦身而过，接着飘然远去。他看不见它们的身形，只能看见模糊的影子。那些令人不可思议的玩意儿吓得他浑身直打战。他偶尔也会看见一丝光亮，但都离得很远，就像在另外一个世界。有时候，他也会听见羊脖子上挂的铃铛声，远远传来，隐隐约约的。晚风吹来了牛群的低鸣，抑扬顿挫，凄凄切切。从无边无际的田野和树林那边，还时不时会传来高亢的狗吠。所有声音听起来都是那么遥不可及，小国王觉得自己一个人孤苦无依，仿佛身处无边的孤寂之中。

黑夜让他毛骨悚然，他跌跌撞撞地往前走，时不时被头顶上树叶的沙沙声吓到，因为那听起来像是有人在说悄悄话。过了一会儿，他突然发现不远处有个油灯透出斑驳的光，赶忙退到阴影里等着。那油灯搁在一扇敞开的谷仓大门边上。小国王在原地等了一会儿，没听见声音，也没看见人影。站着不动实在太冷了，谷仓看着那么温暖、那么诱人。最后，他还是决定冒险钻进去。他蹑手蹑脚地快步走去，刚要跨过门槛，就听见身后有人说话，他赶忙钻进谷仓，蹲在一只大木桶后面。两个农场里的短工拎着油灯走了进来，边干活边聊起了天。他们拎着灯走来走去的时候，小国王趁机四处张望，发现谷仓深处有个挺大的畜栏，就打定主意等那两人走后摸过去。他还看见地上有一堆给马盖的毯子，就打算征用一个晚上，让它们为英国国王派点用场。

没过多久，那两个工人就干完活离开了。大门从外面锁上了，油灯也被拎走了。冻得瑟瑟发抖的小国王马上行动起来，先摸到毯子，抱在手里，然后摸索着走向畜栏。他把两条毯子铺在地下当褥子，剩下的两条盖在身上。虽说毯子又旧又薄，一点儿也不暖和，还散发出浓烈的马骚味，简直让人透不过气来，但小国王已经心满意足了。

他肚子饿得咕咕叫，身上也冷得要命，但走了一天已经疲惫不堪。最后，是睡意占了上风，他打起瞌睡来，进入了半梦半醒的状态。他刚要完全睡过去，突然觉得有个玩意儿碰了他一下！他马上清醒了，倒抽了一口凉气。在一片黑暗之中，有个神秘的玩意儿碰到了他！他吓得手脚冰凉，心跳都漏了半拍，僵硬地躺在那儿，一动也不敢动，屏住呼吸，竖起耳朵听着。但四周毫无动静，也没有声音。他继续等着，听着，过了好长一段时间，还是什么也没发生，也没有一丝声响。于是，他又打起了瞌睡。突然之间，那个神秘的玩意儿又碰了他一下！被某个看不见又听不到的玩意儿碰到，实在是太吓人了！小国王吓得要命，以为是幽灵作祟。这可怎么办啊？他扪心自问，但没有答案。难道要离开这个舒服的栖身之处，躲开那个神秘莫测的幽灵？但他能躲去哪儿呢？他都出不了谷仓的大门！他想象自己在四堵墙之间，两眼一抹黑地逃来逃去，可怕的幽灵紧随其后，时不时伸出恐怖的大手，轻轻碰一下他的脸颊或者肩膀。他实在受不了了！但留下来不走，一晚上活受罪，这样难道会更好？当然不了！那还能怎么办？他知道，只有一个法子了——他必须马上出手，找到那个玩意儿！

但这想起来简单，做起来可就难了。他鼓起勇气，三次伸出手去，但刚伸出一点点，就气喘吁吁地缩了回来——不是因为碰到了什么，而是因为他觉得“快要”碰到什么了。不过，到了第四次，他把手伸得远了一些，碰到了一个软绵绵、暖呼呼的玩意儿，差点没把他吓死！他心惊胆战，联想到了还没凉透的尸体。他心想，自己死也不会再碰它了。但他想错了，他不清楚人类的好奇心有多强。没过多久，他就又抖抖索索但异常坚定地伸出手去，这回碰到了一缕长发。他打了个寒战，逼着自己顺着往上摸，摸到了一根暖呼呼的绳子。再顺着绳子往上摸，结果发现是头老老实实的小牛犊！原来，那所谓的“绳子”根本不是绳子，而是小牛的尾巴。

不过是一只熟睡的小牛犊，就把自己吓得屁滚尿流，小国王想到这个就惭愧不已。其实他用不着惭愧的，因为吓到他的不是小牛犊，而是某种根本不存在的东西。在那个迷信的年代，随便哪个孩子遇到这种情况，都会跟他一样吓得魂不附体的。

发现那玩意儿不过是头小牛，小国王顿时松了一口气，也很高兴有它做伴。他孤单极了，无依无靠，就算只有头牲口做伴，他也满心感激。更何况，他从人类同胞那里受尽了折磨，现在的小伙伴虽然不会说话，但至少忠厚老实，这对他来说已经是很大的安慰了。于是，他决定抛开等级之见，跟小牛做好朋友。

小牛趴在他旁边，伸手就能够着。他抚摸着温暖光滑的牛背，突然想到这头小牛还能派上别的用场。于是，他重新铺了床，把毯子铺在小牛身旁，蜷起身子，紧紧靠着牛背，扯过毯子盖在自己和小牛身上。不一会儿，他就觉得又舒服又暖和，就像躺在威斯敏斯特宫里软绵绵的御榻上。

他的心情一下子好起来，生活又变得有滋有味了。他摆脱了奴役和罪恶的束缚，摆脱了下贱粗俗的亡命之徒，现在身上暖和，又有地方休息。总而言之，他幸福极了。天色已晚，外面寒风呼啸，吹得旧谷仓东摇西晃，嘎嘎作响。狂风呜咽着，在墙角哀嚎，但小国王现在浑身暖和又舒坦，觉得那听起来就像美妙的音乐。管他风怎么刮，怎么嚎，怎么乱撞乱闯，他才不在乎呢。他紧紧靠在小牛身边，只觉得心满意足，渐渐失去意识，陷入了无梦的沉睡，找到了平静与安宁。远处传来狗吠，有人低声抱怨，狂风仍在呼啸，暴雨敲打屋顶，但小国王睡得可熟了，一次也没有醒。小牛也一样。它是一头老老实实的牲口，不容易被狂风暴雨惊扰到，跟国王同睡也不会觉得别扭。

Chapter 19
王子与农妇

小国王一大早醒过来，发现有只淋湿的小耗子半夜钻进来，正蜷在他怀里舒舒服服睡得香呢。小国王起来这么一动弹，它就吓得一溜烟跑了。男孩笑着说：“可怜的小傻瓜，你怕什么呢？我跟你一样孤零零的。我自己都无依无靠，怎么会伤害你呢？我还要谢谢你呢，这是个好兆头。当国王的沦落到这个地步，连耗子都会在身上做窝，准是要转运了，因为他的运气不可能更糟了。”

他爬起来，跨出畜栏，刚好听见门外传来孩子的说话声。谷仓的门开了，两个小姑娘走了进来。她们一见里面有人，就不再说笑，站在原地一动不动，好奇地盯着他瞧。她们先是窃窃私语，接着走近了一些，站定了瞪着他看，又低声说了几句话。过了一会儿，她们终于鼓起勇气，大声讨论起来。一个姑娘说：“他长得挺不错。”

另一个姑娘说："头发也挺好看。"

"就是穿得太破了。"

"看着好饿的样子。"

她们又走近了几步，怯生生地绕着他打转，从各个角度观察他，仿佛他是只稀有动物。她们倒是挺谨慎，时刻保持警惕，像是怕他会咬人。最后，她们手拉手站在他面前，似乎这样就能自保似的。两双天真无邪的大眼睛直勾勾地盯着他，其中一个姑娘鼓起勇气问道："小子，你是谁？"

"我是国王。"男孩严肃地回答。

两个小姑娘吃了一惊，眼睛睁得溜圆，足有半分钟没出声。随后，好奇心让她们打破了沉默："国王？什么国王？"

"英国国王。"

两个姑娘对看了一眼，瞧了瞧他，又对看了一眼，眼神又是惊讶又是困惑。一个姑娘问："你听见他说的了吗，玛格丽？他说他是国王，是真的吗？"

"怎么会不是真的呢，普瑞丝？难道他会撒谎吗？你瞧，普瑞丝，如果不是真的，那就是撒谎，起码我是这么觉得的。你想想呀，世上除了真话，就是谎话了——再没有别的了。"

这个推理逻辑严密，一点儿破绽也找不出来。普瑞丝原本半信半疑，这一下算是踏实了。她想了想，觉得国王乃一国之君，应该不会撒谎，就诚心诚意地说："你要真是国王，我就信你。"

"我真是国王。"

问题就这么解决了。两个小姑娘没有再追问，也没有再争论，马上就承认他是国王。接着，她们问起他是怎么来的，为什么穿得不像国王，打算去哪里，发生了什么事。小国王顿时长出了一口气，把一肚子苦水统统倒了出来，因为在这里没人会嘲笑他，也没人会质疑他。他一时忘记了咕咕叫的肚皮，绘声绘色地讲起了自己的遭遇。两个好心的小姑娘听得很认真，还深表同情。等他讲到最近的情况，她们才想到他已经好久没吃东西了，赶紧打断他，匆匆忙忙领他回到家里，找东西给他吃。国王感动极了，心想："等我恢复王位，一定要尊重孩子。我要牢牢记住，孩子在我落难的时候多么信任我。大人们全都自以为是，只知道笑话我，觉得我在撒谎。"

小姑娘的妈妈热情地招待了小国王。她很可怜这个男孩，因为他看起来像个小流浪儿，而且显然脑子出了问题，这打动了她那颗慈母之心。她是个受尽苦难的穷寡妇，对别人的不幸遭遇感同身受。她猜这个疯小子可能是跟朋友或者监护人走散了，打算弄清他是从哪里来的，好把他送回去。她提起附近的乡镇村落，又问了许多相关的问题，结果一点儿用处也没有——男孩的表情和回答表明他根本不认得那些地方。不过，他说起宫里的事倒是滔滔不绝，提到过世的“父王”时还不止一次号啕大哭。但每当话题转向普通琐事，他就顿时失去兴趣，一句话也不说了。

农妇完全摸不着头脑，但还是没有放弃。她边做饭边盘算该说些什么，好让那孩子一不小心透露来历。她试探着说起了牛，但他毫不在意；又说起了羊，结果也一样——她本以为男孩是个牧童，看来是猜错了。接着，她说起了磨房、织工、补锅匠、铁匠，还有各行各业的人，又说起了疯人院、监狱和收容所——但不管她怎么努力，结果都是大失所望。不过，她也不是完全白费劲，毕竟范围已经大大缩小了，肯定是跟家务事有关的。对，她确定大方向没错，这孩子肯定是哪家的仆人。于是，她故意把话题往那个方面引，但结果还是不尽如人意。男孩对扫地不感兴趣，说起生火也没反应，擦地板和洗洗刷刷也没能点燃他的热情。农妇都快绝望了，随口聊起了做饭，没想到小国王的眼睛一下子亮了起来。她顿时又惊又喜，觉得自己真是机智，终于摸清这孩子的底细了。

农妇终于可以不用多费口舌了，因为小国王的肚皮饿得咕咕叫，闻到热腾腾的锅里香气四溢，忍不住津津有味地聊起了饭菜，眉飞色舞描述了好几道佳肴。农妇听完心想："俺果然没猜错，他准是厨房里的打杂小子！"接着，男孩又报了好几个菜名，说得那叫一个绘声绘色。农妇心中暗说："老天爷啊，他咋知道这么多菜，还是特讲究的菜？有钱人家桌上才会摆这些菜呢。啊，俺明白了！他虽然现在穿得破破烂烂，疯掉之前保准在宫里当过差。没错，他肯定在御膳房里打过杂！好，俺这就来试他一试。"

她急着想知道自己有没有猜对，就让国王帮忙照看一下锅里煮的东西，还说如果他愿意的话，动手做上一两个菜也行。接着，她便走出厨房，示意女儿也出去。小国王嘟囔着："从前也有个国王帮女主人做过这事。既然阿尔弗雷德大帝都能屈尊俯就，我做这个也不算有失身份。不过，他把蛋糕都烤糊了，我可要努力做得比他好。"

他的初衷是好的，但表现可不怎么样。小国王跟历史上的那位大帝一样，很快就陷入了沉思，满脑子全是宫里的事，结果也酿成了大祸——锅里的东西全烧煳了。还好农妇及时赶到，早饭才没彻底完蛋。她把小国王臭骂了一顿，男孩这才从白日梦中醒来，意识到自己辜负了人家的信任，顿时难过得不得了。农妇见他这样，语气就软了下来，态度也和蔼了不少。

小国王饱餐了一顿，顿时神清气爽，心情也变好了。这顿饭有个特点，那就是主客双方都放下了等级之见，谁也不觉得受了谁的恩惠。女主人本打算拿残羹冷饭给这个小流浪儿填肚子，让他像其他流浪汉或者流浪狗一样到角落里吃，但她很后悔刚才骂了他一顿，想做点补偿，就让他上了桌，跟家里人（她觉得谁都比这小子体面）一起吃饭，装出一副平起平坐的样子。至于小国王呢，他觉得这家人对自己那么好，自己却辜负了人家的信任，正满心懊悔呢，所以刻意委曲求全，没有独占一张桌子，让农妇和两个女儿站在一边服侍，彰显自己的高贵地位。有时候，放下架子对所有人都有好处。好心的农妇想到自己对小流浪儿这么宽大为怀，一整天都心满意足；小国王想到自己在卑贱的农妇面前表现得这么谦逊，也不禁洋洋自得。

吃完早饭，女主人叫国王帮忙洗碗。国王愣了一会儿，差点严词拒绝，但转念一想："阿尔弗雷德大帝都帮人盯着烤蛋糕，肯定也不会介意洗个碗的——那我也来试试吧。"

结果，他搞得一团糟，这他倒完全没想到。毕竟，洗洗木勺木盘看起来还是挺简单的。这个活既无聊又烦人，但他总算是干完了。他越来越难以忍受，只想赶紧溜走，但要摆脱那个满脑子鸡毛蒜皮的妇人可不容易。那妇人给他安排了一大堆杂活，他都努力做完了。后来，她就叫他跟两个小姑娘去削苹果，见他笨手笨脚的，又拿了把菜刀让他去磨。磨完了刀，她又喊他去梳羊毛。小国王心想，自己做了这么多英雄气短的粗活，把阿尔弗雷德大帝都比下去了，肯定会在传说和史书中千古流芳。他觉得自己已经仁至义尽，就打算告辞了。吃完午饭后，女主人交给他一篮小猫，让他拿去淹死，他就想趁这个机会开溜——起码他是这么打算的，因为他觉得帮忙干活也有个限度，淹死小猫这种事他可做不来——不料却出了岔子。打岔的正是扛着包袱的约翰·康泰和雨果！

小国王见那两个无赖朝前门走来，趁他们还没发现自己，就拎起装小猫的篮子，轻手轻脚地从后门溜了出去。他把那篮小猫搁在屋外，然后匆匆钻进了屋后的一条小巷。

Chapter 20

王子与隐士

还好有高高的篱笆挡着，从农庄那边看不见他。小国王吓得要命，拼命向远处的树林跑去。直到钻进树林，他才敢回头张望，却看见远处有两个人影。这就足够了！他都没敢停下来看个究竟，就继续急匆匆往前跑，一口气跑到暗无天日的林子深处。他觉得自己安全了，才停下来，竖起耳朵听动静。林子里一片寂静，阴森恐怖，令人发慌。每隔一段时间，他的耳朵就会捕捉到一丝声响。但那声音听起来遥远得很，又空洞又神秘，一点儿也不真实，反倒像幽灵的呜咽。这点响动比周围的寂静还要吓人。

小国王本打算那一天剩下的时间就待在林子里，但他刚才跑得大汗淋漓，寒意很快侵入身体。为了能暖和起来，他不得不继续走动。他在林子里笔直朝前走，希望赶紧找到大路，结果却失望了。他往前走呀走呀，林子越来越密，光线也越来越暗。过了一会儿，他发现天色已经不早，夜幕就要降临了。一想到要在这个恐怖的地方过夜，他就不寒而栗。他努力加快步伐，结果却越走越慢，因为看不清前面的路，不知该怎么下脚才好，时不时会被树根绊倒，要不就是被荆棘钩住。

最后，他终于看见了一丝光亮，顿时心花怒放！他小心翼翼地走上前去，时不时停下脚步，四处观望，听着动静。光是从一间小破屋的窗口透出来的。他听见里面有人说话，刚想跑掉躲起来，但马上改了主意，因为那人是在祷告。他悄悄溜到窗前，踮起脚尖往里瞧。只见屋子小小的，地板就是泥巴地，日积月累被人踩得结结实实；墙角有张稻草铺的床，还有一两条破毯子；床边摆着一只木桶、一只杯子、一只大碗、三两只锅；旁边搁着一把矮椅子和一张三条腿的小凳子；炉子里还有一点儿火苗，正冒着青烟；神龛前点了一根蜡烛，跪着一个老人，他身边有只旧木箱，上面摆着一本翻开的书和一颗骷髅头。老人高大清瘦，长发银白，长须如雪，一件羊皮长袄从脖子裹到了脚跟。

“啊，是个圣洁的隐士！”小国王心想，“我总算是走运了。”

见隐士祷告完毕站起身来，小国王就过去敲了敲门。

门里传来一个低沉的声音："请进！把罪恶留在外面，这里是一方圣土！"

小国王跨过门槛，愣了一会儿。隐士一双炯炯有神的眼睛盯着他，问道："你是谁？"

"我是国王。"回答简洁明了。

"国王陛下，欢迎欢迎！"隐士激动地大声说道，接着就兴奋地忙碌起来。他一边说着"欢迎，欢迎"，一边摆好矮椅子，请小国王坐下烤火，又往火里添了几捆柴，这才紧张兮兮踱起步来。

"欢迎啊！好多人都想来这里避难，但他们没资格，全让我赶跑了。但一个国王，抛下王位，鄙视富贵，披上破衣，献身苦修——你有资格来这里，我太欢迎了！你这辈子都可以住在这儿！"小国王连忙打断他，解释了一番，但隐士根本不理他，就像没听见似的，在那儿继续说呀说，声音越说越响，劲头越来越大。"在这里，你会找到内心的安宁。没人能找到你的避难所，没人能打扰你的平静，让你回去过虚妄的生活，因为上帝已经感召你了，让你放弃了那种生活。在这里，你可以祷告，读《圣经》，冥思静想，想想罪恶虚妄的现世，再想想崇高圣洁的天国。你可以每天吃糠咽菜，鞭打肉体，净化灵魂。你可以穿粗毛内衣，只喝清水，这样就能找到内心的安宁了，没错，彻彻底底的安宁。来找你的人都会空手而归，没人能找到你，没人能骚扰你。”

老人还在来回踱步，但声音渐渐小了下去，变成了低声呢喃。小国王抓住这个机会，讲了自己的遭遇。他原本就焦虑不安，话匣子一打开就关不上了。但老隐士只顾自说自话，完全没理会他，还边嘟囔边凑近他，神秘兮兮地说：“嘘！我告诉你个秘密！”他俯下身刚要说，突然又闭上了嘴，像是听到了什么。过了半晌，他轻手轻脚地走到窗边，把脑袋探出去，在暮色中四下张望，接着又轻手轻脚地走回来，凑近国王的小脸，低声说：“我是个天使长！”

小国王吓了一跳，暗暗叫苦：“老天啊，我还不如跟那帮流氓无赖待着呢，现在可是落进疯子手里了！”他越想越害怕，满心恐惧全都写在了脸上。

老隐士继续激动地低声说：“看得出来，你已经感受到我的气场了！瞧你一脸的敬畏！在这个气场里，谁都会受感染的，这是来自天堂的气场。只要一眨眼的工夫，我就能飞到天堂再飞回来！我是五年前在这里被封为天使长的。上帝派了天使下凡，把这个荣誉赐给了我。天使来的时候，这里可是满室生辉呢！国王陛下，他们对我下跪了！没错，他们对我下跪了！因为我比他们都伟大。我去过天上的圣殿，还跟先知们说过话。来，摸摸我的手——别怕，摸摸看。对，就这样，现在你摸过亚伯拉罕、以撒和雅各握过的手了！我去过黄金圣殿，亲眼见过上帝！”说到这里，他停顿了一下，加强这番话的感染力。接着，他的脸色突变，又踱起步来，愤愤不平地说：“对，我是个天使长，只是个天使长！我本该当教皇的！是真的！二十年前，我在梦里得了上天的启示。对，我会当教皇的！既然上天都这么说了，我本该当教皇的。但是国王解散了我的教会！我，一个穷教士，落得无家可归，天命难酬！”他又开始喃喃自语，还发狠地猛捶脑门，时而飙出一句恶毒的诅咒，时而冒出一句郁闷的叹息：“所以我只是个天使长——我本该当教皇的！”

他就这么颠三倒四地说了一个钟头，可怜的小国王只能坐在那儿听着。突然，老人的疯癫一扫而空，变得和蔼起来。他的嗓音变柔和了，脑子也不糊涂了，开始扯些家长里短，小国王很快对他有了好感。老人让他坐得离炉火近一些，这样更舒服，又和善地帮他处理身上的跌打损伤，接着做起了晚饭。他边忙边跟男孩聊天，时不时摸摸他的小脸，拍拍他的脑袋，显得那么慈祥。不一会儿，小国王对天使长的恐惧就变成了对老人的尊敬和爱戴。

他们俩吃晚饭的时候，一直维持着这种祥和的气氛。

吃完饭，老隐士在神龛前做完祷告，就把男孩领到隔壁屋去休息，像慈母一般给他盖上被子，掖好被角，又亲了一下他的额头，这才离开。他回到炉火边坐下，若有所思地拨弄柴火。过了好一会儿，他突然停下手里的动作，叩了叩脑门，像在努力回忆什么事似的，但显然没能想起来。然后，他突然蹦了起来，冲进小客人睡觉的房间，问他："你是国王？"

"对啊。"小客人迷迷糊糊地回答。

"哪国的？"

"英国的。"

"英国的？这么说亨利死了！"

"嗯，对，我是他儿子。"

老隐士顿时眉头紧锁，脸色也阴沉下来，两只瘦骨嶙峋的手紧紧握在一起，眼睛里燃起了复仇之火。他站在那儿，喘着粗气，咽了好几口唾沫，才声音沙哑地说："你知道吗，就是他害得我无家可归，落到这般地步的！"

小国王没有回答。老人俯下身去，看着男孩熟睡的面孔，听着他均匀的呼吸声，紧锁的眉头解开了，取而代之的是邪恶的笑意。"他睡着了，睡得还挺香呢。"熟睡的男孩脸上露出了一丝微笑。"呵，他还挺开心的！"老隐士喃喃自语，然后转身离开，在屋里翻来翻去找东西，时不时停下来听听动静，扭头瞥一眼小床，嘴里嘟囔个不停。最后，他终于找到了想找的东西——一把锈迹斑斑的屠刀，还有一块磨刀石。随后，他蹑手蹑脚走到炉边坐下，轻轻地磨起刀来，嘴里还在那儿叽里咕噜自言自语。

屋外寒风呼啸，远远传来恐怖的声响。大胆的耗子从墙缝探出头来，用贼亮的眼睛偷瞄老隐士，但他一心一意只顾磨刀，其他什么也不在意。

磨上一会儿，他就用大拇指碰碰刀刃，满意地点点头。“磨利点，”他说，“嗯，还要再磨利点。”

他并不在意时间飞逝，只是心平气和地磨着刀，沉浸在自己的幻想中，嘴里不时嘟囔几句：“他老爹害了我们，毁了我们，现在总算下地狱了，能尝尝地狱的烈焰了！对，他下地狱了！他逃过了我们的报复——但这是天意啊，对，是天意，我们也不好抱怨。但他逃不过地狱的烈焰，逃不过无情的地狱之火！那火会烧下去，直到永远！”

他就这么边嘟囔边磨刀，时而咯咯坏笑，时而冒出几句：“全是他老爹害的。我只是个天使长。要不是他，我就当教皇了！”

小国王动了一下，老隐士悄无声息地走过去，跪在床边，俯身盯着床上的男孩，高高举起明晃晃的屠刀。男孩又动了一下，还睁了下眼睛，但什么也没看见，转眼又睡过去了。

老隐士保持这个姿势，屏息凝神，看着听着。过了一会儿，他慢慢放下刀，轻手轻脚地走了出去，嘴里喃喃地说："时间不早了，天都快亮了。万一他嚷嚷起来，有人路过听见，那就不妙了。"

他在窝棚里翻来翻去，这边捡块破布，那边抽根皮条，然后回到床边，小心翼翼地把国王的两个脚踝绑到一起。他动作很轻，没有惊动小国王。接着，他又打算捆住男孩的两个手腕。他试了好几回，想让两只手交叉起来，但每次刚要绑上绳子，男孩的手就会挪开。最后，老隐士都快绝望时，小国王刚好两手交叉，他就趁机捆了起来。接着，他又找了条绷带，从男孩下巴底下绕到头顶，绑得牢牢的。老人轻手轻脚，不紧不慢，捆得结结实实的，男孩自始至终睡得香甜，动都没动一下。

Chapter 21

亨顿救驾

老人弯下腰，像猫儿似的溜出小房间，拖过矮板凳坐下。他半个身子沐浴在微弱的火光中，半个身子藏在阴影里，一脸渴望地盯着熟睡的男孩，耐心地守在一旁，毫不在意时间流逝。他一边轻轻磨着刀，一边轻笑着嘟囔，活像只满身白毛的大蜘蛛，得意地看着落入蛛网的小飞虫。

过了好一会儿，老人还盯着男孩，但什么也没看见，因为他早就陷入了幻想。突然，他回过神来，发现男孩的眼睛睁开了！小国王双眼圆睁，浑身僵硬，惊恐地盯着老人手里的刀！老人就像个得意的恶魔，露出了邪恶的笑意。他一边继续磨刀，一边说："亨利八世的儿子，你做过祷告了吗？"

男孩无助地挣扎着，牙缝里挤出一点儿声音，老隐士就把这当作回答了。

“那就再做个祷告吧，临终祷告！”

男孩全身颤抖，脸也扭曲了，开始拼命挣扎。只见他翻过来扭过去，绝望地又是扯又是拽，想要挣脱束缚，但终究是白费力气。那老家伙望着他直乐，摇头晃脑地磨着刀，时不时嘟囔两句：“时间宝贵啊！时间不多了，赶紧做临终祷告吧！”

小国王发出一声绝望的呻吟，气喘吁吁地放弃了挣扎。眼泪像断了线的珠子似的，顺着他的脸颊滴滴答答流下来。但这凄惨的模样并没有让老家伙心软。

这时，天渐渐亮了起来。老隐士见状，焦躁地大吼：“哎呀，我没法再享福了！一晚上怎么这么短，一眨眼的工夫就过了！要是一晚上能有一年那么长就好了！迫害教会者的孽种，你要是不敢看，就闭上眼睛吧……”

接下来的全是前言不搭后语的嘟囔。老人跪在床边，高举屠刀，向痛苦呻吟的男孩逼近。

突然，屋外传来了说话声——老隐士赶紧放下刀，颤抖着拿羊皮袄把男孩遮住，然后跳了起来。屋外的声音越来越大，很快变得粗暴又愤怒，一阵拳打脚踢之后，有人大声求饶。随后，急促的脚步声消失在了远方。紧接着，传来了震耳欲聋的敲门声：“喂！开门啊！看在魔鬼的分儿上，快开门！”

噢，在小国王听来，没有比这更美妙的声音了，就连最好听的音乐都比不上它！因为那是迈尔斯·亨顿的声音！

老隐士气得咬牙切齿，快步走出卧室，随手关上了门。紧接着，小国王听见了“礼拜堂”里两人的对话：“您好，尊敬的神父！那孩子在哪？我的孩子在哪？”

“朋友，什么孩子啊？”

“什么孩子？别蒙我了，神父，少跟我来这一套！我可没心思兜圈子！我在这附近逮到了那两个偷我孩子的混蛋，逼他们全说出来了。他们说孩子又跑掉了，他们跟着脚印一路追到了这门口，还把脚印指给我看了。得了，少废话，神父，不赶紧把他交出来，小心我对你不客气！那孩子在哪？”

“噢，先生，您说的是那个穿得破破烂烂、自称国王的小家伙吧？他昨天晚上是在这里过夜的。您说的要是他的话，我叫他去跑腿了，他很快就回来。”

“很快是多快？得了，别浪费时间了！我能追上他不？他啥时能回来？”

“您不用追，他马上就回来。”

“那好，我就等着吧。哎，等等！你叫他去跑腿？就你？骗人！他才不会去呢。你要是这么使唤他，他不扯掉你的胡子才怪！伙计，你骗人，肯定是骗人！他才不会替你跑腿呢，他才不会听人使唤呢！”

“凡人是不行，可我不是凡人啊。”

“啥？你到底是什么人？”

“这可是个秘密！你要保密哟，我是个天使长！”

亨顿惊呼了一声，但可不是出于敬畏。“那怪不得他会听了！我就知道，他才不会伺候凡人呢。可是，老天啊，如果是天使长下令，就算是国王也得乖乖听命！我来……嘘！什么声音？”

听见两人在隔壁说话，小国王又激动又害怕。他使出浑身解数，拼命呻吟，希望亨顿能听见，可惜亨顿的耳朵似乎不大好使，总之半点反应都没有。所以，刚才的最后一句话就像一阵清风，吹醒了他快要放弃的希望。他又拼命哼哼起来，但老隐士马上接过话茬：“什么声音？我只听见风声。”

“大概是吧。对，肯定是。我一进门就听见有……哎，又来了！肯定不是风！这声音好怪啊！来，咱们得搞明白！”

小国王内心欢喜，满怀希望地拼命哼哼。可惜他嘴巴被堵上了，身上还盖着羊皮袄，拼命挣扎也没能奏效。紧接着，可怜的男孩心猛地一沉，因为老隐士说：“啊，那是外面传来的，大概是林子那边。走，我带你过去瞧瞧。”

小国王听见两人边说话边往外走，脚步声很快消失在了远方。屋里又只剩下他孤零零一个人，周围一片恐怖的寂静。

好像足足过了一年，他才听见脚步声和说话声由远及近。这一回，他还听见了另一种声音，似乎是嘚嘚的马蹄声。接着，他听见亨顿说："我实在等不下去了！他肯定在林子里迷路了。他往哪边走的？快点，指个路！"

"他……等等，我还是陪你去吧。"

"行吧，行吧！嘿，您这人真不错。我敢说，再也找不到比您更好心的天使长了。您会骑牲口吗？您是要骑我给孩子买的小毛驴，还是愿意迈开圣洁的双腿，跨上我的这头臭脾气的骡子？我被人坑了，这畜生一个铜板都不值！"

"不用了。您骑骡子，牵上驴，我还是走路吧。"

"那麻烦您先照看一下这头小畜生，我得骑上这头大家伙，希望还能保住小命。"

接下来是一阵踢打踩踏、胡蹦乱跳，夹杂着一连串高声咒骂。最后，那头骡子被训了一顿，挫了锐气，总算是不反抗了。

被五花大绑的小国王躺在床上，听见说话声和脚步声渐渐远去，心也沉了下去。他心灰意冷，彻底绝望。"我唯一的朋友也被骗走了，等那老家伙回来……”想到这里，他倒吸了一口凉气，赶紧拼命挣扎起来，结果绳子没能挣脱，倒把压得他喘不过气的羊皮袄甩下去了。

这时，他听见门开了！那个声音让他寒彻骨髓，感觉刀已经架到脖子上了。他吓得闭上眼睛，但又忍不住睁开偷瞧。他万万没有想到，眼前站着的竟然是约翰·康泰和雨果！要是他的嘴没被捆上，肯定会大喊：“谢天谢地！”

一眨眼的工夫，他的手脚就被松开了。康泰和雨果一人架起他一只胳臂，急匆匆地钻进了林子。

Chapter 22

惨遭背叛

于是，“疯子一世”又跟流浪汉们为伍了，又成了他们讥讽的对象。帮里老大一转过身，康泰和雨果就欺负他。不过，帮里只有康泰和雨果真的讨厌他，其他不少人都喜欢他，大家都欣赏他的魄力和胆识。老大把小国王交给雨果照看，头两三天雨果经常偷偷使坏，给小国王下绊子。晚上大家喝酒作乐的时候，他都会装作不小心的样子，稍稍欺负小国王一下，逗得大家哈哈大笑。有两回，他装作不小心踩了小国王的脚，小国王倒是保持王者尊严，大人有大量地没跟他计较，干脆不理他。但雨果第三次这么做的时候，小国王马上抄起木棍，把他打倒在地。帮里的人吓了一跳，但好奇心占了上风。雨果恼羞成怒，起身抄起木棍，气冲冲地朝男孩直扑过去。两人周围马上多了一圈看热闹的家伙，纷纷大呼小叫，打赌定输赢。

可怜的雨果当然占不了便宜。他的功夫只是半吊子，显得笨手笨脚，对手却是欧洲顶尖的武术大师教出来的，熟知各种招式，一比起来高下立见。小国王镇定自若地站在原地，时刻保持警觉，灵巧地避开雨点般砸下的木棍，让观战的群众惊讶不已。他还不时抓住雨果的破绽，木棍闪电般地蹿出，击中雨果的脑袋，周围顿时爆发出一阵大笑和喝彩。一刻钟后，雨果已是浑身青肿，狼狈不堪，凄惨地败下阵来，受人耻笑。毫发无伤的“战斗英雄”则被兴高采烈的混混们扛上肩头，拥上了帮里老大身边的位置，还举行了盛大的庆典，封小国王为“斗战之王”。同时，他原先的称号就此废除，要是谁胆敢再提起，马上会被逐出本帮。

大家想方设法叫小国王为帮里效力，但都没能成功。他说什么也不肯干，成天想着逃跑。回来后的第一天，他被推进一间没人看守的厨房，结果不但空手出来，还差点吵醒那户人家。接着，他又被派去帮补锅匠干活，结果他不但不肯干，还抄起烙铁吓唬补锅匠。最后，雨果和补锅匠一致同意，光是防着小国王逃跑，就害得他们筋疲力尽了。要是谁限制他的自由，或者逼他干活，他就端起国王的架子大发脾气。雨果叫他跟一个懒婆娘和一个病孩子搭档，三人组队出去讨钱，结果搞得一团糟——他不但不肯替那两个叫花子乞讨，甚至不屑跟他们为伍。

这么一晃好几天过去了，小国王受够了流浪生活，觉得这种日子无聊透顶，卑鄙下贱。他觉得，自己虽然逃过了老隐士的屠刀，但不过是死刑缓期执行罢了。

但当夜幕降临，他进入梦乡，这些事就被抛在了脑后。在梦里，他登上王位，成了一国之君。当然，这只会加剧醒来后的痛苦。重返牢笼之后，跟雨果对战前，他每天早上醒来都觉得无比耻辱，感觉日子越来越难以忍受。

对战后的那个早上，雨果一醒来就想着要报复。他想了两个法子。一是狠狠打击男孩的傲气和“空想出来”的王者尊严，好好羞辱他一番。他打的小算盘是，要是这一招没成功，就给男孩栽上罪名，然后跑去报官，叫他落入无情的法网。

按照头一个计划，雨果打算在男孩腿上弄块“勋章”，觉得这能好好羞辱他一番。等“勋章”做好了，他就找康泰帮忙，逼着男孩在街头露出腿来，向路人讨钱。“勋章”是句黑话，指的是人造的伤疤。就是把生石灰、肥皂、铁屑和糨糊拌成膏药，抹在一块皮革上，然后牢牢绑在腿上。这么一来，腿上的皮就会脱落，露出难看的新肉。再往上面抹点血，等血干透了，就会变成叫人恶心的红褐色。接着，再巧妙地缠上脏兮兮的绷带，故意露出底下血肉模糊的伤口，就能惹人同情好骗钱了。

雨果找来补锅匠帮忙，那人之前被国王拿烙铁吓唬过，早就怀恨在心。他们带男孩出去补锅，刚走出营地，就把他推倒在地。补锅匠按住男孩，雨果迅速把膏药绑在他腿上。

小国王怒火冲天，连声大骂，说等坐回王位就吊死他们。但那两个家伙牢牢抓着他，只觉得他那无谓的挣扎挺好玩，听了他的恐吓更是哈哈大笑。他们就这么抓着按着，直到膏药开始发挥效力。要是再过一会儿，“勋章”恐怕就做成了。可偏偏有人来坏了他们的好事。之前那个大骂英国法律、脸上烙了印的“奴隶”突然出现，及时制止了两个坏家伙，把膏药和绷带统统扒了下来。

小国王本想问救星借根木棍，狠狠教训两个无赖，但那人拒绝了，说这只会惹麻烦，最好等晚上再说。到时候，帮里人会聚在一起，外人不好干涉，也不敢插手。他带三个人回到营地，向帮里老大汇报了情况。老大听完想了想，决定不让小国王出去讨钱了，因为这小子显然更有价值。他当场把小国王从叫花子升为了小偷！

雨果喜出望外。他早就想让小国王出去偷东西了，可惜一直没成功，这回总算是扫清了障碍——既然是老大直接下的命令，这小子肯定不敢反抗吧？于是，他为当天下午的行窃任务设了个陷阱，打算把小国王送进大牢。当然，经过他的周密计划，这事会神不知鬼不觉，看起来像是无心之失。因为现在“斗战之王”在帮里大受欢迎，如果别人发现某个不受欢迎的家伙背信弃义，把男孩送进了“全民公敌”官府手里，他的下场肯定好不到哪里去。

雨果的计划做得不错。他找了个适当的时机，带小国王来到附近的村里。他们慢腾腾地走过一条条街，两个人都瞪大了眼睛寻找机会，一个是想要达成邪恶的目的，另一个是想一劳永逸地逃出生天。两人都放弃了不少看似不错的机会。他们各怀心机，都想等到万无一失再动手，可不想贸然行事，毁了来之不易的机会。

雨果先找到了好机会。有个女人拎着篮子走了过来，篮子里鼓鼓囊囊的。雨果看在眼里，幸灾乐祸地暗想：“好机会，就把这个栽到他头上好了。祝你好运喽，‘斗战之王’！”他耐心等着，表面上看蛮沉着，其实心里激动极了。那女人经过他们身边，时机终于成熟了！他压低声音说了句“在这儿等我回来”，就偷偷摸摸跟上了那个女人。

小国王也欣喜若狂——只要雨果走远点，他就可以逃跑了！

可惜，他没那么走运。雨果跟在那女人背后，偷了篮子里的玩意儿，裹在自己胳膊上搭的破毯子底下，然后快步跑了回来。那女人发现篮子一下子轻了，就知道遭了贼。她虽然没看见是谁偷的，但还是拼命大喊“捉贼啊”。雨果毫不犹豫把包裹塞进小国王手里，说：“快跑，跟在俺后头，跟其他人一起跑，边跑边喊‘捉贼啊’，当心别跑岔了。”

雨果迅速绕过墙角，冲进一条崎岖的小巷。一眨眼的工夫，他就优哉游哉地走了出来，装出一副若无其事的样子，倚在柱子后面看热闹。

小国王哪里受得了这等侮辱，把裹着东西的毯子往地下一扔。这时，那女人刚好跑了上来，身后还跟着一大群人。她一把抓住小国王的手腕，一手捡起地下的东西，对他破口大骂。小国王拼命挣扎，想要挣脱开来，但没有成功。

雨果觉得已经看够了——他的冤家对头已经给逮住，很快就会被扭送官府了。于是，他喜洋洋地溜了回去，边走边编故事，看该怎么给老大汇报。

那女人抓牢不放，小国王则继续挣扎，不时大喊：“放开我，你这蠢货！我才不要你那破玩意儿。”

围观的人越来越多，对小国王骂骂咧咧。有个肌肉发达、穿皮围裙的铁匠撸起袖管，伸手就要抓他，说要揍他一顿，让他长长教训。这时，一把长剑破空而出，颇有说服力地搭在了铁匠的胳膊上。剑的主人和和气气地说：

“哎，好心人，君子动口不动手，用不着这么凶，也用不着骂人嘛。这事还是依法处置吧，私下里乱来可不好。这位太太，放开这孩子吧。”

铁匠瞄了身材高大的军人一眼，掂量了一下自己的斤两，揉揉胳膊，嘟囔着走开了。那女人不情不愿地松开手，围观群众不满地盯着陌生人，但都小心翼翼地没吭声。小国王眼睛一亮，蹦到救星身边，激动得满脸通红，大声嚷嚷起来：“迈尔斯爵士，你怎么才来啊？不过你来得正是时候，还不替朕把这群刁民统统砍了！”

Chapter 23

王子被捕

亨顿挤出一丝笑意，俯下身子，低声对小国王说：“小声点，小声点，我的国王陛下，说话可要小心呀。唉，最好还是别说了。相信我，一切都会好起来的。”亨顿嘴上这么说，心里却在想：“迈尔斯‘爵士’！老天啊，我都忘了我是个骑士了！天哪，这病还真怪，害得他失了忆，这些疯疯癫癫的幻想倒记得蛮清楚！这个头衔虽然是虚的，但对我很有意义。比起在现实里做个叫人轻贱的伯爵，倒不如在他的空想王国当个受人尊重的骑士呢！”

这时，人群突然从中间分开，一名治安官走了过来，伸手就要抓小国王的肩膀。亨顿连忙说：“朋友，不劳烦您动手。他会乖乖跟您走的，这个我保证。请在前面带路，我们会跟着的。”

治安官带着拎篮子的女人走在前面，迈尔斯和小国王跟在后面，看热闹的人紧随其后。小国王想要反抗，亨顿低声对他说：“陛下，请想想看，这可是您治下的法律，要是您自己都不遵守，老百姓又怎么会服从？现在确实有人犯了法。等陛下恢复王位，回想起自己当老百姓的这段日子，曾经以平民身份服从法律，到时肯定不会后悔的。”

“对，你说得没错。既然要老百姓守法，国王就该以身作则。”

那女人站在法官面前作证的时候，发誓东西是被告席上的小家伙偷的。由于没有人给出反证，法官认定小国王罪名成立。包裹打开后，露出一只油乎乎的烤乳猪。法官面有难色，亨顿则一脸惨白，吓得打了个冷战。小国王倒是无知无畏，无动于衷地站在那儿。法官思考了一会儿，这可不是个好兆头。接着，他扭头看着那女人，问：“这东西值多少钱？”

女人恭恭敬敬地行了个礼，回答说：“三先令八便士，法官大人。这是大实话，俺一个便士也没多讲。”

法官不安地看了看旁听席，冲治安官点了点头，说道：“清场，关门。”

闲杂人等统统出去后，只剩下法官、治安官、原告和被告，再加上迈尔斯·亨顿。亨顿全身僵硬，面如土色，额头上冷汗直冒，顺着脸颊往下淌。法官扭头看着那女人，无比同情地说："他只是个穷孩子，还不懂事，大概是饿坏了才动的手。这年头穷人可不好过啊。您瞧，他看着也不像坏人，只是饿坏了！好心的太太，您知道吗，按照英国的法律，偷窃物品价值超过十三个半便士，可是要判处绞刑的！"

小国王吓了一跳，眼睛瞪得溜圆，但还是尽可能保持镇定。那女人可慌了，一下子蹦起来，浑身直打抖，大喊起来："老天啊，俺都做了啥啊？老天慈悲，俺可不想让这小家伙被吊死啊！法官大人，您行行好，想想法子吧！俺该怎么办呀？"

法官保持着庭上的威严，从容镇定地说："现在还没记录在案，价钱还可以改。"

"看在老天的分儿上，这猪就算八便士吧。老天保佑，要是害了这孩子，俺良心可过不去！"

迈尔斯·亨顿高兴坏了，也不顾什么身份礼数了，一把搂住了小国王。这不但让小国王大吃一惊，也有损他的王者威严。那女人对法官千恩万谢，接着拎起乳猪往外走去。治安官帮她开了门，然后跟在她后头，走到了外面狭窄的过道里。法官则继续埋头写案卷。时刻警惕的亨顿觉得有点奇怪，不知治安官为啥要跟出去。于是，他轻手轻脚地溜进昏暗的过道，竖起耳朵偷听，结果听到了下面这番对话。

“这猪挺肥的嘛，味道肯定不错。我买了，喏，给你八便士。”

“啥，八便士？这可不成啊，俺买的时候花了三先令八便士呢，那可是辛辛苦苦赚来的，连先王亨利都没碰过呢。八便士你就想买，咋可能啊？”

“那你刚才说的算不算数？你在庭上可是发过誓的，说这猪值八便士，要不就是作伪证！跟我回去见法官，赶紧认罪！那孩子也得被吊死！”

“哎，您行行好，别说了，俺卖你还不行吗？那八便士给俺吧，这事可别说出去啊。”

女人哭哭啼啼地离开了，亨顿赶紧溜回法庭。治安官藏好烤乳猪，很快也进来了。法官又埋头写了一会儿，然后给小国王宣读了一个睿智的判决，判他在牢里关上几天，然后公开处以鞭刑。小国王大惊失色，刚要开口说些什么，很可能是下令把这位好心的法官砍了，突然看见亨顿发出警告的手势，就闭上了嘴，一声也没吭。亨顿拽着他的手，向法官行礼，然后跟着治安官朝监狱走去。刚走到大街上，小国王就怒气冲冲停住脚步，甩开他的手，大吼起来："你这蠢货！就算你杀了我，我也不会进监狱的！"

亨顿俯下身子，稍有些严厉地说："你能信我一回吗？别说了！你再这么乱说，只会给咱们惹麻烦。这是天意，你急不得，也改不了。耐心等等吧，到时候你有的是时间抱怨，也有的是时间庆祝。"

Chapter 24

逃出生天

冬天的白昼很短，眼看天色就暗了下来。街上空荡荡的，只有稀稀拉拉几个人，人人都行色匆匆，一心想尽快干完手头的事，赶紧回到舒舒服服的家里，远离呼啸的寒风和昏暗的天色。没人东张西望，也没人在意小国王一行人，就像根本没看见他们似的。小国王心中暗想，不知以前的国王被押往大牢的时候，场面是不是也这么冷清。过了一会儿，治安官走到一个空荡荡的市集广场，打算从中间穿过去。他们刚走到一半，亨顿就扯住他的胳膊，压低声音说："长官，稍等，这里没别人，我有几句话想跟您说。"

"先生，我的职责不允许跟犯人说话。别耽误时间了，天都快黑了。"

"等等，这事跟您有关。您就转过身去，假装没看见，放了这可怜的孩子吧。"

“先生，你这是什么意思？我要依法逮捕你……”

“哎，别着急嘛。留神哟，别干傻事！”亨顿把声音压得低低的，凑到治安官耳边说，“伙计，你花八便士买的烤乳猪，可能会害你小命不保哟！”

可怜的治安官吓了一跳，先是目瞪口呆，接着恼羞成怒，开始大声威胁亨顿。亨顿倒是镇定得很，耐心地等他发完一通火，才接着说：“伙计，咱们无冤无仇，我也不想看你遭殃。实话告诉你，我全听见了，一个字不漏。不信，我可以说给你听听。”接着，他把治安官和那女人在过道里的对话一字不差地背了一遍，然后问：“怎么样，我的记性还行吧？要是有必要的话，我还可以当着法官大人的面背一遍。”

治安官心慌意乱，一时间张口结舌。过了好一会儿，他才回过神来，强装镇定地说：“只是开玩笑，别当真嘛。我只是逗逗她嘛。”

“买她的烤乳猪也是开玩笑？”

治安官赶紧说：“没别的意思，先生。我说了，只是开玩笑啦。”

“那我暂且信了。”亨顿的口气叫人捉摸不透，像是真的信了，但又像是在讽刺，“但要麻烦您在这儿等等，我回去问问法官大人。毕竟，他老人家精通法律，懂得什么叫开玩笑……”

他边说边调头要走，治安官愣住了，暴躁地咒骂了两句，接着大声喊起来：“等等，等等，好心人，麻烦等等呀！法官大人他没半点幽默感，哪懂什么叫开玩笑！回来，回来，有事好商量嘛。老天啊，真倒霉！我真的只是开个玩笑啊，我家里还有老婆娃儿啊！好心人，行行好，您到底想要怎么样嘛？”

“也没啥，你只要装作没看见就行了。在这儿从一数到一万，记得慢慢数。”亨顿的口气就像这个要求十分合理，而且理所应当。

“我会完蛋的！”治安官绝望地说，“啊，好心人，行行好吧。这明显是个玩笑啊，您就笑一笑，让它过去好了。就算这不是玩笑，也只是犯了个小错，最多受点小处分，被法官大人骂上两句，警告一下。”

亨顿冷冰冰的回答让他不寒而栗：“这个玩笑在法律上可是有说法的，你知道叫什么不？”

“啥？这个还有说法呢？老天啊，我还以为这是我自己想出来的呢。”

“对，它确实有说法，在法律上叫‘Non compos mentis lex talionis sic transit gloria mundi’[1]。”

1. 这是一句拉丁语，前后没有联系，是亨顿胡编出来吓唬人的。

“老天啊！”

“还是死罪一条！”

“老天开眼，可怜可怜我吧！”

“你乘人之危，用八便士买到了价值十三个半便士以上的东西，这是欺诈隐匿、滥用职权、贪赃枉法，应判处绞刑，不得赎身，不得减刑，不得享受教士特赦。”

“哎，好心人，扶我一把吧。我腿发软，都站不住了！您就行行好，饶了我这回吧。我会转过身去，就当啥也没看见。”

“行！算你聪明，也明事理。猪你也会还回去吧？”

“当然，当然！就算它是天上掉下来的，是天使送过来的，我也不敢碰了。你们快走吧，我就当眼瞎了，啥也没看见。我就说你闯进牢里，硬是把犯人劫走了。牢门本来就不结实，等过了半夜，我就去把它砸开！”

“好，那就这样吧，你人真好。放心吧，法官挺同情这孩子，就算知道他跑了，也不会发火的，更不会难为你。”

Chapter 25

亨顿庄园

一走出治安官的视线，亨顿就让陛下赶紧去村外一个地方躲起来，等他回客栈先把房钱结了。半个钟头后，两人已经骑上了亨顿早就准备好的两头牲口，开开心心地往东边去了。小国王扔掉了原来的破衣裳，穿上了亨顿在伦敦桥上买的二手衣服，觉得又暖和又舒服。

亨顿不想让男孩累坏了。他明白，艰苦的旅途、不规律的饮食和缺乏睡眠，都可能加剧男孩的疯病。好好睡觉、规律作息加上适度运动，则能帮他尽快康复。亨顿希望男孩早点恢复正常，把疯疯癫癫的幻想从饱受折磨的小脑袋里赶出去。因此，虽然他离家这么久，早就心急如焚，只想日夜兼程赶回去，但为了小国王着想，他们一路上还是走得挺慢的。

两人大概走了十英里路，来到一个挺大的村子，找了家不错的客栈过夜。他们又恢复了之前的关系。小国王用餐的时候，亨顿站在他背后小心伺候；小国王准备睡觉，亨顿就帮他脱衣服，自己则裹着毯子，睡在门边的地板上。

接下来的那两天，他们都慢悠悠地走着，一路上聊起了分开后的经历，听对方的遭遇也听得津津有味。亨顿说起了自己是怎么到处找男孩的，又说起天使长怎么带他在林子里打转，后来发现实在甩不掉他，只好带他回到小屋。按他的说法，那老头走进卧室，又摇摇晃晃地退了出来，一脸忧伤地说，他原以为孩子该回来了，说不定正躺着休息呢，但显然不是这样。亨顿在小屋里等了一整天，指望小国王会回来，但希望最后破灭了。于是，他告别老头，继续寻找。

“那个老隐士见陛下没回来，是真的挺伤心，”亨顿说，“我从他脸上的表情看得出来。”

“我一点儿也不怀疑！”小国王说，然后讲了自己的遭遇。亨顿听完，只恨没把那个天使长碎尸万段。

在返乡之旅的最后一天，亨顿兴奋得不得了，叽叽咕咕说个没完。他说起了年迈的父亲和哥哥亚瑟，还举了好多例子，证明他们有多高尚，多大度。接着，他又激情四射地说起了他心爱的伊迪丝。他简直太开心了，甚至说起了弟弟休的好话。他好期待重返亨顿庄园——大家见到他会多么惊讶，多么欢喜呀！

那是个风景优美的地方，农庄和果园点缀其间，大路穿过一望无际的田野，中间偶尔有些洼地和土丘，让人联想到海上起伏的波涛。那天下午，返乡的浪子时不时离开大路，爬上土丘，想看看能不能望见自己的家。最后，他终于如愿以偿了，忍不住激动地大喊：“陛下，那边就是我们村了，旁边就是亨顿庄园！从这儿就能看见塔楼，还有树林——那是我父亲的猎场。您瞧瞧，什么叫气派，什么叫壮观！那栋大宅子有七十个房间，二十七个仆人！那么大的地方，全是给我们住的！快走，快走，我都等不及了！”

他们急急忙忙往前赶，但下午三点才赶到村子。两人穿过村子的时候，亨顿一路上嘴就没闲过。“这边是教堂，上面的爬藤还是原来那些，一点儿也没变。”“那边是客栈，老红狮客栈。那边是市场。”“这个是五朔节花柱，那个是水泵，真是物是人非啊。一晃十年过去了，人变了不少。有些人我好像还认得，但他们都不认得我了。”他就这么滔滔不绝地说呀说，很快就走出了村子。接着，两人走上了一条蜿蜒的小道，两旁是高高的树篱。走了半里路后，他们穿过一座宏伟的大门，进了一个大花园，门两边的石柱上雕刻着精美的纹章图样。呈现在他们眼前的是一栋富丽堂皇的大宅子。

“陛下，欢迎光临亨顿庄园！”迈尔斯欢呼起来，“啊，真是个值得庆贺的好日子！我父亲、哥哥和伊迪丝小姐肯定会乐坏的！一开始他们也许只会看着我，跟我讲话，您可能会觉得受了冷落。但别担心，这只是暂时的。等我说明我是您的监护人，告诉他们我有多爱您，他们就会看在我迈尔斯·亨顿的分儿上热情拥抱您，欢迎您把这儿当成自己的家！”

说着，亨顿就在大门前跳下骡子，又扶国王下了地，拽着他的手冲进屋里。他们没往里走几步，就来到一间宽敞的房间。匆忙之中，亨顿也顾不得礼数了，给小国王找了把椅子坐下，就往坐在壁炉前写字台边的年轻人跑去。

“快来抱抱你哥哥，休！”他激动地大喊，“我回来了你开心不？快喊父亲大人过来。只有握到他的手，看到他的脸，听见他的声音，我才算是真的回家了！”

休先是大吃一惊，接着身子往后一缩，严肃地盯着这不速之客。起初，他一副受了冒犯的模样，但经过一番深思熟虑，又变成了一脸好奇，还夹着一丝亦真亦假的同情。他和和气气地说：“可怜的陌生人，你的脑子怕是糊涂了吧？你肯定吃了不少苦，受了不少罪，光从你的样子和衣服就能看出来。你把我当成谁了呀？”

“当成谁？你还能是谁呀？当然是休·亨顿了！”迈尔

斯马上说。

休还是和气地说："那你以为自己是谁呀？"

"才不是以为呢！你难道连亲哥哥都不认得了？我是迈尔斯·亨顿啊！"

休显得惊喜万状，大声说："什么？别开玩笑了！死人还能复活？如果是真的，那真要感谢上帝了！我可怜的哥哥好些年没消息了，竟然还能回来？啊，哪有这种好事，绝对不可能！行行好，别拿这个逗我了！快点，到亮处来，让我好好瞧瞧！"

他抓住迈尔斯的胳膊，把他拽到窗前，从头到脚打量了一番，又叫他在原地打转，自己绕着他左瞧右瞧，从各个角度观察他。返乡的浪子一脸欣喜，一会儿微笑，一会儿大笑，不停地点头，嘴里说个不停："瞧吧，好弟弟，尽管瞧吧。别担心，不管是手脚还是模样，哪里都经得起检验。亲爱的休呀，好好瞧瞧吧，瞧到你满意为止！我确确实实是迈尔斯，你好些年没消息的哥哥，一点儿也没变，对吧？啊，今天真是个好日子，我说过了，真是个好日子！来，让我握握你的手，亲亲你的脸吧！老天啊，我真要开心死了！"

他正想搂住弟弟，却被休伸手拦住了。休悲伤地低下头，激动地说："啊，上帝保佑，赐予我力量吧，让我承受这巨大的失望！”

迈尔斯大吃一惊，一时间目瞪口呆，好半天才回过神，大声嚷嚷起来：“什么失望？难道我不是你哥哥？”

休伤心地摇了摇头，说道：“我祈祷上天，希望你是他。就算我瞧不出，也许其他人能看出来吧。唉，恐怕那封信说的是真的。”

“信？什么信啊？”

“六七年前，海外来了一封信，说我哥哥战死沙场了。”

“骗人！请父亲大人出来，他肯定能认出我。”

“死人可请不出来。”

“死人？”迈尔斯的声音变小了，嘴唇也开始发抖，“父亲大人去世了？噢，真是噩耗，我回家也开心不起来了。那请让我见见哥哥亚瑟吧，他会认出我，安慰我的。”

“他呀，也死了。”

“上帝啊，我真是天底下最惨的家伙！都死了？他们都死了？该活的人全死了，只留下我这个该死的！噢，上帝保佑，别说伊迪丝小姐也……”

“也死了？才不呢，她活得好好的。”

“感谢上帝，那我活着又有盼头了！麻烦了，老弟，快让她出来见见我吧！要是她也说我不是迈尔斯……不，她不会这么说的，她肯定记得我。我真笨，这个还用怀疑？请她过来吧，还有以前的仆人，他们肯定也记得我。”

“他们全死了，只剩五个——彼得、霍尔西、大卫、伯纳德和玛格丽特。”休边说边走了出去。迈尔斯站在那儿沉思了片刻，接着开始在屋里打转，喃喃自语：“就剩那五个混蛋还活着，其他二十二个老实人都……真是怪事！”

他在屋里转来转去，嘴里嘟嘟囔囔，完全忘记了旁边的小国王。过了一会儿，国王陛下无比严肃地开口了。他的口气满是同情，但听起来像是挖苦。“好心人，别觉得世上不幸的只有你一个，还有其他人也不被认可，受尽嘲笑。有人跟你同病相怜呢！”

“啊，国王陛下，”亨顿不禁红了脸，“别以为我是个骗子，等会儿您就明白了。您会听见全英国最可爱的姑娘亲口证明，我不是骗子。我怎么会是骗子啊？我认得这个客厅，墙上祖祖辈辈的画像，还有周围的一切！我对这些都熟得不能再熟了。陛下，我在这儿出生，也在这儿长大。我说的全是实话啊，绝对没有骗人的意思。就算别人不信，您可别怀疑我啊，不然我可受不了了。”

“朕一点儿也不怀疑你。”小国王一脸深信不疑的表情。

“真是太谢谢了！”亨顿感动极了。小国王又天真地问了一句：“那你怀疑过我吗？”

亨顿心里顿时一阵内疚。这时门开了，休走了进来，他正好不用回答这个问题了。

休身后跟着一位衣着华丽的美女，后面是几个穿制服的仆人。女子缓缓走来，低着头，盯着地板，脸上写满了难言的悲伤。迈尔斯·亨顿立刻冲上前去，大喊："噢，我的伊迪丝，我亲爱的……"

休伸手拦住了他，问那女子："你看看，认得他吗？"

听到迈尔斯的声音，那女子微微吃了一惊，脸刷地一下红了。她浑身颤抖，在那儿呆呆站了好久，这才慢慢抬起头，冷漠又惊恐地盯着亨顿的眼睛。只见她脸上血色全无，口气也跟脸色一样苍白无力："我不认得他！"接着，她呻吟了一声，强压下抽泣，跌跌撞撞地冲出了房间。

迈尔斯·亨顿跌坐在椅子里，双手紧紧捂住了脸。过了一会儿，休又问那几个仆人："你们都看看，认得这个人吗？"

仆人们都摇头。于是，休说道："先生，这些人也不认得你，你怕是搞错了吧。你也看见了，我太太不认得你。"

"你太太！"转眼之间，休已经被按到了墙上。亨顿铁钳似的大手卡住了他的喉咙，"噢，你这个阴险狡诈的混蛋，我算是明白了！那封信是你写的！你抢了我的新娘，又占了我的家产。还不快滚，别逼我动手！弄死你这卑鄙小人还有辱我军人的身份呢！”

休脸红脖子粗，差点没被掐死，摇摇晃晃地冲向最近的椅子，同时大声嚷嚷，要仆人抓住这个杀人犯。但仆人们都犹豫不决，不敢上前。其中一个说：“老爷，他有武器呀，我们又没有。”

“有武器怕啥？你们人这么多，还怕他一个？还不快上！”

但迈尔斯大声警告，叫他们当心自己的小命，还说：“你们晓得我以前的本事，现在可一点儿也没变。想试试的话，就尽管上吧！”

这话可一点儿也不鼓舞人，仆人们更畏畏缩缩了。

“那还不出去，你们这帮胆小鬼！拿上武器，把住门，我叫人去喊卫兵！”休说着就往外走，走到门口突然转过身，对迈尔斯说：“你老老实实待着，可别想逃，逃不掉的。”

“逃？我才不会逃呢，你就放心好了。我迈尔斯·亨顿才是亨顿庄园的主人，这里的一切都是属于我的。我会待在这儿的，这个你就别担心了！”

Chapter 26 全盘否认

国王坐在那里想了好一会儿，才抬起头说道："奇怪，太奇怪了，真想不通。"

"不，一点儿也不奇怪，陛下。我早知道他是这种人，做出这种事一点儿也不奇怪。他自打从娘胎出来就是个混蛋。"

"噢，迈尔斯爵士，不是说他呀。"

"不是说他？那是说什么呢？什么事这么奇怪？"

"竟然没人找国王。"

"什么？什么？我没听明白。"

"没听明白？你想想啊，竟然没有信使出动，贴出告示说明朕长什么样子，到全国各地找朕，你都不觉得奇怪吗？一国之君不见了，怎么都没出乱子，也没人着急？"

"陛下所言极是，臣一时忘了。"亨顿叹了口气，心想："可怜的小疯子，还在做白日梦呢。"

"不过朕有个点子，这样我们都能申冤。朕来写封信，用拉丁文、希腊文、英文三种文字写。明天一早，你就把它送去伦敦，交给朕的舅舅赫特福德伯爵，一定要交到他本人手里。他看到信就知道是朕了，然后就会派人来接朕的。"

"陛下，咱们是不是最好先在这边等等，让我证明自己的身份，确定财产的所有权？这样我才能……"

小国王不耐烦地打断他："够了！你这点儿家产，跟国家兴亡和王位存续比起来算什么？"说完这话，他像是后悔口气太严厉了，又和气地补了两句，"别担心，朕会帮你申冤，恢复你的身份地位。不只这个，朕还会记你一功，将来重重有赏。"

说完，他就提笔写了起来。亨顿慈爱地看着他，心中暗想："要是周围一片漆黑，伸手不见五指，我还真会以为说话的人是国王呢。说真的，他发起脾气来还真有一国之君的派头。这些把戏他是从哪儿学来的？瞧他一副满足的样儿，在那儿乱涂乱画，弄些'鬼画符'出来，还觉得是希腊文和拉丁文呢。我可得赶紧想个法子，叫他打消这个怪念头。要不然，我明天就得假装跑去伦敦一趟，帮他办这个空头差事了。"

但转眼之间，迈尔斯爵士的思绪又飘回来，飘到刚才发生的怪事上了。他想得入了迷，小国王写好信递过来，他便顺手接过，塞进了兜里。“她的样子好奇怪，”他喃喃自语，“我想她应该认出我了！但也可能没认出来？真矛盾啊，我也说不清到底怎么了！这事其实挺简单的，我的模样、身材和声音她肯定认得出！怎么可能认不出嘛？但她又说她不认得我！她这人不会撒谎，那是真不认得吗？不过，等等，我想明白了，肯定是休逼她撒谎的！对，就是这样，谜底解开了。她看起来好害怕——对，她是被逼的！我这就去找她！现在休不在家，她肯定会说实话的。她肯定还记得我们小时候一起玩的样子，然后就会心软了，会承认我是迈尔斯了。这姑娘特别老实，天生就不会撒谎。她是爱过我的，这个我敢确定。一个人绝不会背叛自己爱过的人。”

他急匆匆向门口走去，这时门开了，伊迪丝夫人走了进来。她还是脸色苍白，但步伐坚定，举止优雅，表情跟刚才一样悲伤。

迈尔斯自信满满、兴高采烈地迎上前去，但伊迪丝打了个几乎无法察觉的手势，他就停下了脚步。伊迪丝从容落座，也请他坐下。就凭这么一个简单的动作，她就把迈尔斯从老朋友变成了陌生人。迈尔斯大吃一惊，困惑不解，都怀疑自己到底是不是他自称的那个人了。

伊迪丝夫人说："先生，我是来警告您的。我没法叫疯子别去幻想，但肯定能劝他们逃离险境。我想，您是把幻想当成现实了，这虽然算不上犯罪，但别再抱着幻想待在这儿了。这里很危险！"她直勾勾地盯着迈尔斯，激动地说："您看着很像我们家那个失踪的兄弟——要是他还活着的话。不过这对您来说更危险！"

"老天啊，夫人，但我就是他啊！"

"先生，我相信您是这么觉得的。我一点儿也不怀疑您说的是真心话，只是想提醒您一声，我丈夫才是这里的主人。他有权有势，想让人发财就发财，想让人挨饿就挨饿，都是一句话的事。如果您长得不像您自称的那个人，我丈夫说不定还会放过您，随您爱怎么想就怎么想。但请相信我，我很了解他这个人，知道他什么事都做得出来。他会对所有人说，您是个招摇撞骗的疯子，大家只会唯唯诺诺。"她再次意味深长地盯着迈尔斯说，"就算您是迈尔斯·亨顿，就算他和这里的人都认得您，您还是很危险！您听明白了吗？请好好想想我说的话。他不会承认您的身份，只会去报官。这里没有人敢帮您说话的。"

"我当然相信了。"迈尔斯痛苦地说，"他是有权有势，都能让人背叛自己的老朋友，不承认跟他有过任何关系，当然能叫那些需要养家糊口、没有荣誉感的家伙乖乖听话喽。”

伊迪丝夫人的脸红了，低头盯着地板，但声音还是没有一丝温度：“我已经警告过您了，还要再提醒您一句，赶紧走吧，不然他会毁了您的！他是个暴君，毫无怜悯之心。我太了解了，因为我就是他铐上的奴隶。幸好可怜的迈尔斯和亚瑟，还有我亲爱的监护人理查德爵士，现在都安息了，逃出了他的魔掌。您就算跟他们待在一起，也比留下来强。您威胁到了他的财产地位，又在他的屋檐下动手，留下来凶多吉少啊。趁现在快走吧，不然就来不及了。算我求您了！您要是缺钱，就拿上这个钱袋。门口的仆人只要有钱拿，就会放您出去的。噢，可怜人，听我一句劝，赶紧走吧。”

迈尔斯摇摇头，不肯拿那袋钱，站起身走到她面前。

“请答应我一件事，”他说，“请看着我的眼睛，让我看看您有没有说实话。好了，现在回答我，我到底是不是迈尔斯·亨顿？”

“不是，我不认识您。”

“对天发誓！”

回答的声音很小，但清清楚楚：“我发誓！”

“噢，我不信！”

“快走吧！时间宝贵，别浪费了！逃命要紧！”

就在这时，一群卫兵冲进屋里，接着上演了一场激烈对决。可惜众寡悬殊，亨顿不一会儿就被制服，拖了出去。小国王也被捕了。两人都被五花大绑，押往监狱。

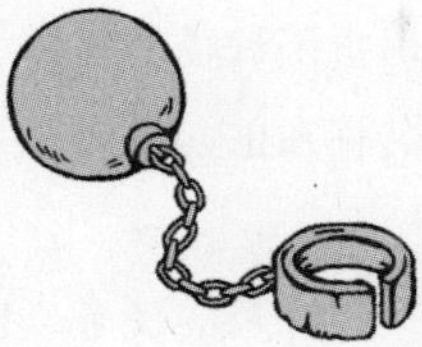

Chapter 27
牢狱之灾

大牢里人满为患，亨顿和小国王被锁上铁链，关进了一间关押轻犯的牢房里。里面还关着二十多个上了手铐脚镣的囚犯，男女老少都有，全是些吵吵嚷嚷的下等人。小国王觉得自己的王者尊严受了侮辱，又气愤又难过；亨顿则闷闷不乐，一声不吭，脑子里一团糨糊——这个浪子喜气洋洋地回到家，本以为会受到热烈欢迎，没想到却碰了一鼻子灰，还被扔进了大牢。想象和现实的反差也太大了，让他惊得目瞪口呆，都弄不清这是悲剧还是咄咄怪事了。他就像兴高采烈跑去看彩虹，不料却遭了天打雷劈。

等他稍稍平静了一些，终于理出了点头绪，便把关注点放在了伊迪丝身上。他把伊迪丝的一言一行翻来覆去地想呀想，但还是得不出满意的结论。她到底是认得他，还是不认得他？这个不解之谜在他脑海里挥之不去。最后，他得出结论：伊迪丝认得他，只是出于某种缘故装作不认得。他好想破口大骂，但伊迪丝的名字在他心里一直无比神圣，他实在没法开口玷污它。

亨顿和小国王裹着牢里破烂烂、脏兮兮的毯子，郁闷地熬过了一晚。有几个犯人买通了看守，弄进来一些酒，结果当然是痛饮、打闹，高声叫嚷中夹杂着下流小曲。等到后半夜，有个男的抡起手铐狂砸一个女的脑袋，差点没把她打死。幸好看守及时赶到，抄起棍子对那男的劈头盖脸一顿打，牢里这才恢复了平静。在那之后，痛饮狂欢也告一段落。只要你不在乎那两个受伤家伙的哼哼唧唧，起码可以囫囵睡上一觉了。

接下来的一个礼拜，每天日子都过得差不多。白天，会有亨顿多少看着有点眼熟的家伙进来，瞄这个“冒名顶替的大骗子”几眼，表示根本不认识他，接着对他破口大骂。晚上，痛饮打闹是常有的事。不过，这种千篇一律的日子后来终于来了点变化。有一天，看守领来一个老头，对他说：“那混蛋就在里面。老爷子，眼睛放亮点，看看能认出他不？”

亨顿抬头一看，心中一阵狂喜，这还是他关进牢里之后的头一次。他心想：“这不是布莱克·安德鲁吗？他在我父亲家里做了一辈子仆人，很老实的一个人，起码以前是这样。不过话说回来，现在哪里还有老实人啊，随便哪个人都在撒谎。他大概明明认得出我，还是跟其他人一样打死不承认。”

老头四下打量了一圈，把每张脸都看了一遍，最后说：“明明全是街头混混嘛，哪个是他呀？”

看守哈哈大笑。

“喏，这儿呢，”他说，“好好瞧瞧这畜生，说认不认得。”

老头走上前去，仔细端详了亨顿半天，才摇着头说：“老天啊，他不是亨顿家的人，肯定不是！”

“对呀，你还没老眼昏花嘛。我要是休爵士，就把这乡巴佬给……”看守边说边踮起脚尖，假装脖子上拴了根绳子，喉咙里“喀喀”有声，像是喘不过气来。那老头也狠狠地说：“他该感谢老天，这都算便宜他的了！要是交给俺处置的话，就把这混蛋活活烤了，要不然算什么男子汉！”

看守咯咯奸笑，说道：“老头，你也臭骂他一顿玩玩吧。人人都这样，还蛮好玩的。”

说完，他就优哉游哉地荡回值班室去了。看守刚一消失，老头就双膝跪地，低声说：“感谢老天，主人，您可算回来了！您这一走就是七年，俺一直当您已经不在了……噢，您竟然还活着！俺其实一眼就认出来了，可还得板着张脸，假装只瞧见了街头混混。迈尔斯爵士，俺是年纪大了，也没两个钱，但只要您开个口，俺就算拼了这条老命，也要把实话传出去。”

“不行，”亨顿说，“别这样。那只会害了你，也帮不了我。不过，太谢谢你了！我都快不敢相信别人了，多亏了你，我对人又有信心了！”

从此以后，老仆人可帮了亨顿和小国王大忙。他每天都会来“臭骂”亨顿好几顿，每次都会偷偷带些好吃的进来，给牢里的两个人补充营养，还会带来最新消息。亨顿把好吃的都留给了小国王，不然陛下可活不了，因为他咽不下看守送来的残羹冷炙。老仆人每次只敢待一小会儿，免得惹人怀疑，但总能带来很多新消息。他会压低声音把消息说给亨顿听，时不时大骂几句免得隔墙有耳。

于是，亨顿渐渐弄清家里这些年的变故。亚瑟是六年前去世的。老父亲白发人送黑发人，加上迈尔斯又音讯全无，眼看身体一天不如一天。他知道自己时日不多了，希望亲眼看到休和伊迪丝携手一生。但伊迪丝苦苦哀求，把婚事拖了又拖，一心盼着迈尔斯回来。后来，迈尔斯的死讯传来，理查德爵士就彻底卧床不起了。他深信自己活不久了，坚持要尽快操办婚事，休也在一旁煽风点火。伊迪丝还是苦苦哀求，把婚期拖了一月又一月，等到第三个月，实在拖不下去了，才和休在理查德爵士临终的病床前举行了婚礼。这门婚事打一开始就不幸福。当地流传着一个小道消息，说婚礼后不久，新娘就在丈夫的文件堆里发现了那份死讯的底稿，指责他为了促成婚事伪造信件，也因此害死了理查德爵士。后来，大家都听说伊迪丝夫人和仆人经常遭虐待。父亲去世后，休爵士原形毕露，成了亨顿庄园残酷的主宰。

老仆人还带来了一个小国王感兴趣的消息："传说国王疯了。但你们可别说出去呀，他们都说，传这消息就是死罪一条。"

小国王盯着他说："好心人，国王才没疯呢。你与其关心这些无聊的废话，还不如去做点有意义的事呢。"

"这孩子说什么呢？"老仆人突然遭他这么挖苦，不禁诧异万分。不过，亨顿冲他打了个手势，他就没追问，而是接着说："就这一两天，这个月十六日，先王就要葬在温莎城堡了。二十日，新国王在威斯敏斯特大教堂加冕。"

"先得找着国王才行吧，"小国王小声嘟囔了一句，接着自信满满地说，"不过，他们会努力的，朕也会的。"

“老天爷啊……”

老仆人没接着往下说，因为亨顿打了个手势，让他赶紧别说了。于是，他继续汇报最新情况：“休爵士要去参加加冕礼。他抱了很大希望，觉得能封个贵族回来，因为护国公还挺欣赏他。”

“哪个护国公？”小国王问。

“就是萨默塞特公爵。”

“哪个萨默塞特公爵？”

“老天啊，还能有哪个？不就是赫特福德伯爵嘛！”

小国王厉声问：“他什么时候变成公爵和护国公的？”

“今年一月底。”

“谁让他当的？”

“他自己呗，还有议会。当然，国王也批准了。”

小国王吓了一跳。“国王？”他嚷嚷起来，“哪个国王啊？”

“哪个国王？这还用问！（老天啊，这孩子到底啥毛病啊？）咱英国就一个国王，还能有谁啊，当然是神圣的爱德华六世国王陛下了！天佑吾王！对了，不管他疯没疯，他都是个善良的小家伙。人人都说，他眼看一天天好起来了。总之，大家都夸他，祝福他，祈祷他万寿无疆，江山永固。你瞧，他刚当上国王，就大发慈悲，饶了老诺福克公爵一命，然后又废了不少迫害老百姓的法律。”

小国王听完大吃一惊，整个人都呆住了，也没心思听老头瞎聊了。他怀疑老头所说的“小家伙”就是当初在宫里跟自己换衣服的小叫花子。但不可能呀，就算他冒充威尔士亲王，一举一动也会露馅的呀！他们会把他赶出宫，寻找真王子。会不会是宫里找了个贵族子弟冒名顶替？不可能，他舅舅绝不会答应的。他有权有势，就算有这种苗头，他也会压下去的。小国王思来想去，还是一筹莫展。他越是努力想弄清楚，就越是困惑不解，头痛欲裂，连觉也睡不着了。他一心只想跑去伦敦，在牢里实在待不下去了。

亨顿使出浑身解数安慰小国王，但就是没法让他平静下来。幸亏铐在他边上的两个女人发挥了作用。在她们温柔的抚慰下，小国王终于安静了，还懂得了忍耐。他万分感激，慢慢喜欢上了那两个女人，很乐意接受她们的安慰。小国王问她们是怎么被关进来的，两个女人说因为她们是浸礼会教徒。小国王笑着说：“这也算犯罪，也要被关呀？还好，你们很快就会出去了。就为了这点小事，你们不会关太久的。”

两人都没有吭声，但脸上的表情让小国王看着心里发毛，忍不住问道：“你们怎么不说话了？求求你们了，告诉我吧！难道除了进大牢，还有别的惩罚？求你们告诉我吧，别让我担心了！”

她们想要转移话题，但小国王越来越害怕，不停追问：“他们会拿鞭子抽你们吗？不，不会的，他们不会这么残忍的！告诉我，他们不会吧？说呀，他们不会的，对吧？”

两个女人见实在躲不过了，其中一个哽咽着说：“噢，好孩子，别问了，你问得我们心都碎了。老天保佑，让我们忍得了……”

“这才是大实话！”女人话还没说完，小国王就打断了她，“他们真要拿鞭子抽你们？那群没人性的畜生！噢，别哭了，我看不下去了。放心吧，等我坐回王位，就会救你们出去，一定会的！”

第二天早上，小国王一觉醒来，发现两个女人已经不见了。

“她们出去了！”他兴高采烈地说，接着又难过地补了一句，“唉，我就惨了。她们走了，就没人安慰我了。”

她们每人留下了一条丝带，别在他衣服上作纪念。小国王打算一辈子珍藏，将来找到他亲爱的朋友，再好好保护她们。

这时，看守带着几个手下走了进来，叫他们把犯人带去院子里。小国王开心得不得了，因为又能看见蓝天，呼吸到新鲜空气了！看守磨磨蹭蹭的，搞得他心急如焚，最后好不容易才轮到他。看守卸下他手脚上的枷锁，让他和亨顿一起跟着其他犯人出去。

监狱里有个四方院子，地下铺着石子，抬头就能看见天空。犯人们穿过砖石拱门走进院子，背靠高墙站成一排，前面拉了一根绳子，看守在旁边盯着。那是个阴冷的清晨，头天夜里下了场小雪，大地一片白茫茫，因此更显凄凉。寒风时不时呼啸而过，卷起地上的积雪。

院子中间站着两个女人，被铁链绑在柱子上，小国王一眼就认出那是他的两个好朋友。他打了个寒战，心想："哎呀，我还以为她们出去了，原来没有呢！这么好的人竟然要挨鞭子，真是想想就难过！这可是在英国啊，真是可耻！又不是在什么野蛮的异教国家，这可是在信仰基督教的英国啊！她们安慰过我，对我那么好，现在要挨鞭子了，我却只能眼睁睁看着。我是一国之君，却保护不了几个弱女子，这算什么事嘛！这帮畜生等着吧，有朝一日我会找他们算账的！他们现在每抽一下，以后就得挨一百下！"

这时，院门突然开了，一群老百姓涌了进来。两个女人被团团围住，小国王一时间什么也看不见了。接着，走进来一位牧师。他穿过人群，然后也被挡住了。小国王隐隐约约听见有人说话，好像是一问一答，但听不清在说什么。随后是一阵喧嚣忙乱，像是在做什么准备。看守们在人墙另一侧来来去去，人们也渐渐安静下来。

只听一声令下，人墙向两边分开，眼前的情景让小国王心惊胆寒。只见两个女人周围堆满柴火，有个人正跪在地下点火！

两个女人垂着头，双手捂脸。柴堆烧得噼啪作响，金黄的火苗直往上蹿，缕缕青烟随风飘散。牧师高举双手，开始做祷告。就在这时，突然有两个小姑娘冲进院子，大喊着扑向火刑柱上的女人。她们马上就被看守们拽开了，一个被牢牢抓住，另一个却挣脱开来，说宁愿跟妈妈死在一块儿。看守还没来得及拦住她，她就又搂住了妈妈的脖子。最后，她好不容易被人拽开，但裙子已经被火燎着了。两三个男人牢牢按住她，又扯下熊熊燃烧的裙角扔到一边。小姑娘还在那儿拼命挣扎，想要挣脱，说这世上只剩她孤零零一个人了，求大家行行好，就让她跟妈妈死在一块儿吧。两个小姑娘又是哭喊又是挣扎，但突然之间，一阵钻心彻骨的惨叫盖过了她们的声音，那是人在临死前的哀嚎。小国王的目光从两个疯了似的小姑娘挪向火刑柱，但马上就转过头去，小脸惨白，紧紧贴在墙上，说什么也不敢再看了，只顾喃喃自语：“刚才那一眼看见的东西，我这辈子都忘不了——白天会看见，夜里会梦见，到死才能解脱。上帝啊，我要是个瞎子该多好！”

亨顿一直在观察小国王。他欣慰地想：“他的病好多了，人也没那么暴躁了。要是以前，他肯定会冲那帮混蛋大发脾气，说他是国王，命令他们放了那两个女人，敢动她们一根寒毛都要他们好看。他很快就会忘了那些幻想，可怜的小脑瓜也会清醒了。上帝保佑那一天快点来吧！”

同一天，又有好几个犯人关进牢里过夜。第二天，他们就要被押往不同的地方，为他们犯下的罪接受惩罚。小国王去找几个人说话。他打一开始就下定决心，只要有机会就体察民情，以后治国安邦用得着。犯人们的悲惨经历听得他难过极了。其中有个疯疯癫癫的穷女人，从织布匠那儿偷了两码布，就被判了绞刑。还有个男人被人控告偷马，因为证据不足，他本以为能逃过绞刑，结果才没那么幸运呢——他刚被放出来，就又被人控告打死了国王猎场里的鹿。这回证据确凿，他马上就要上绞架了。还有个手艺人的徒弟，小国王听完他的遭遇心都要碎了。小伙子说他有天晚上发现了一只从主人那里逃出来的猎鹰，就把它带回了家，以为它该归自己所有，没想到法官判了他偷盗罪，而且判处极刑。

这些残酷的处罚听得小国王怒气冲天，催着亨顿赶紧逃出去，带他去威斯敏斯特宫，让他重登宝座，重掌王权，赦免这些可怜的百姓，饶他们一条命。“可怜的孩子呀，”亨顿暗暗叹了口气，“这些惨事又害得他犯病了。哎呀，要不是碰上这种事，他很快就能好了。”

这群犯人当中有个坚毅无畏的老律师。三年前，他写了一篇抨击大法官的文章，控诉他执法不公，结果被判以枷刑，割去双耳，剥夺律师资格，还罚了三千英镑，处以终身监禁。后来，他又写了篇文章，结果连耳朵剩下的断茬也丢了，还罚了五千英镑，脸上烙了火印，终身监禁不得赎身。

“这可是光荣的伤疤。”老律师边说边撩开白发，露出原本是耳朵的地方。

小国王听得两眼冒火，大声说：“没人相信我，你也不信。不过没关系！不出一个月，你就会恢复自由了。那些让你蒙羞受辱、有损英国名誉的法律，统统都会从法典里消失。明明是这个世界出了毛病嘛！国王就该亲身体验自己制定的法律，这样才能学会慈悲为怀。”

Chapter 28

自我牺牲

与此同时，迈尔斯也厌倦了枯燥的牢狱生活。幸好他很快就要出庭受审了，这倒是让他挺开心。他心想，只要不是继续蹲大牢，随便什么判决他都能接受。可是，他估计错了。他发现自己被说成是“冥顽不灵的混混”，再加上袭击了亨顿庄园的主人，法官判了他上枷示众两个钟头。他听了火冒三丈，一再声明自己是原告的哥哥，也是亨顿家族财产爵位的合法继承人。但法官根本懒得理他，也不觉得有必要核实。

在被押往刑场的路上，亨顿又是大骂又是恐吓，但一点儿用都没有。看守粗暴地拽着他往前走，听得不顺耳就甩他一巴掌。一大群看热闹的家伙紧随其后，小国王实在挤不进去，只好远远跟在他的好友兼仆人后头。因为这个糟糕的伙伴，小国王差点也被处以枷刑，幸好法官念他年幼无知，只狠狠训了他一顿，又警告了他几句，就这么算了。等大家终于停下脚步，小国王焦急地在外圈转来转去，想找个缺口钻进去，折腾了好半天，总算是成功了。只见他可怜的追随者——也是英国国王的贴身侍从——被套上了枷锁，成了一大帮街头混混的笑柄。宣判的时候小国王虽然听见了，但不清楚具体是什么样子。看到这一幕，他觉得备受屈辱，怒火噌噌地往上蹿。当他看见一只鸡蛋破空而来，在亨顿脸上砸得粉碎，人群中又爆发出一阵喝彩，心头更是怒火熊熊。他忍不住冲到刑场中间，冲着看守大吼："大胆！他是我仆人，快放了他！我乃……"

"噢，别说了！"亨顿惊慌失色地打断了他，"再说可就完了。长官，别理他，他脑子有毛病。"

"伙计，我理不理他，用不着你操心。我才懒得理他呢，只想让他长长教训。"那人说完便扭头吩咐手下，"赏这小疯子两鞭，叫他以后注意点。"

"来个五六鞭不是更好。"休爵士正好骑马过来参观行刑，听见这个便大声提议。

小国王马上就被人按住了。他一直认为自己的御体神圣不可侵犯，压根没想过别人会这么待他，简直要气炸了。他整个人呆若木鸡，连挣扎都忘了。历史上有过英国国王挨鞭子的记载，那是个巨大的污点。想到历史上的悲剧即将重演，他只觉得忍无可忍。他现在真是龙游浅水遭虾戏，根本没人会来救他。要么挨打，要么求饶。两者比较起来，他宁可挨鞭子。毕竟，国王可以挨打，但决不能求饶！

就在这时，迈尔斯·亨顿帮他解了围。“放开那孩子，你们这帮没人性的畜生，没看见他个头那么小，身子那么弱？快放了他，我替他挨鞭子！”

“哎哟，这点子不错——该谢谢你是吧？”休爵士一脸得意，故意挖苦他说，“放了那小叫花子，让这个家伙替他挨十二鞭。可要结结实实的十二鞭哟，使出吃奶的劲儿，狠狠地抽！”小国王刚要开口抗议，休爵士一句话就把他堵回去了，“好呀，你想说啥，尽管说呀。可记好了，你多说一个字，他就要多挨六鞭。”

亨顿的枷锁被取了下来，扒光衣服，露出脊背。他挨鞭子的时候，可怜的小国王扭过了脸，任由有损王室尊严的泪水顺着脸颊滚滚而下。“啊，勇敢的好心人，”他喃喃自语，“你的义举朕会牢记于心，永远不会忘了，也不会让他们忘了！”他越想越激动，越来越佩服亨顿忠心护主的做法，对他万分感激。接着，他又暗暗想道：“救国王于危难之中，使国王免于皮肉之苦，乃是大功一件，他做到了！但跟保护国王免受侮辱比起来，那都是小事，简直是微不足道！噢，这个他也做到了！”

亨顿挨鞭子的时候一声也没吭，以军人的顽强意志默默忍受着。他为了保护男孩，情愿代他挨鞭子，就连看热闹的混混们都肃然起敬。嘲笑声和喝彩声统统消失了，刑场上空只回荡着鞭子破空而过的声音。当亨顿再次套上枷锁，周围一片寂静，跟刚才的喧哗讥讽形成了鲜明对比。小国王慢慢走到亨顿身旁，凑到他耳边轻声说：“你是个伟大的人，连国王都没法表彰你的高贵品质，只有至高无上的天主才能办到。不过，国王可以向世人证明你的高尚品德。”说完，他从地下捡起鞭子，轻轻碰了一下亨顿血流不止的肩头，轻声说：“英王爱德华正式册封你为伯爵！”

亨顿被深深感动了，不禁热泪盈眶。但这时的情景怎么看怎么滑稽，他憋得好辛苦才没噗嗤笑出声来。一个光着上身、鲜血淋漓的枷刑犯人，突然变成了高高在上、显赫无比的伯爵，他觉得简直是太荒唐了。他心中暗想：“这下我可真是飞上枝头做凤凰了！空想王国的空头骑士荣升空头伯爵喽！哈哈，羽毛还没长齐就飞上天了，还真是叫人头晕眼花呢。再这么下去，我很快就会身披梦幻华服，背着虚幻头衔，吊死在五朔节花柱上了。不过，虽说这些头衔不值钱，我还是得好好珍惜，因为这是爱的表现。这些空头衔虽然好笑，但它是一个天真无邪的孩子真心诚意送给我的，又不是我觍着脸要来的，总比那些从权贵那儿低三下四讨来的强。”

阴险可怕的休爵士调转马头，策马扬长而去。周围的人墙默默分开，让他通过，又默默地合拢。周围仍然一片寂静，没人敢说犯人的好话，更不敢夸他。不过没关系，没人骂骂咧咧，本身就代表了敬意。有个刚刚挤进来的家伙不明就里，对这个“冒名顶替的骗子”大加嘲讽，结果马上招来一顿痛扁。旁边的人二话不说，三下两下把他打翻在地，踹了出去。随后，全场又陷入了沉默。

Chapter 29

开赴伦敦

亨顿受完刑就被放了，治安官命令他马上离开，永远别再回来。长剑、骡子和毛驴都还给了他。他跨上骡子，小国王跟在后面，人群充满敬意地让出一条道，让他们俩通过。等两人的身影消失在远方，看热闹的人群也就散开了。

亨顿很快陷入了沉思。有几个极其重要的问题急需回答。他现在该怎么办？该去哪儿？他是该去找人帮忙，还是放弃继承权，一辈子背负“冒名顶替”的骂名？去哪儿才找得到能帮忙的人？是啊，到底该去哪儿呢？这个问题太棘手了！突然，他灵机一动，仿佛看见了一线光明——希望虽然渺茫，但值得一试，因为他现在别无选择了。他记得老仆人安德鲁说过，小国王心地善良，愿意帮助含冤受屈的人。何不去向国王申冤，请他主持公道呢？哎，这个点子不错！但像他这样寒酸的穷鬼，怎么才能见到尊贵的国王？不管了，船到桥头自然直，先走一步看一步吧！他当兵的时候身经百战，擅长随机应变，到时肯定会有法子的。对，他要去伦敦！说不定父亲的老朋友汉弗莱·马洛爵士也能帮个忙。“好心的老汉弗莱爵士，先王的御厨还是御马主管什么的”——其实，迈尔斯也记不得那老人是干吗的了。现在，他有了动力，也有了目标，原本沉甸甸压在心头的郁闷之情一扫而空。他抬起头四下张望，才惊讶地发现自己已经走出很远，早就把那个村子甩在身后了。小国王骑着毛驴，慢慢跟在后面，头垂得低低的，显然也在想心事。亨顿刚刚开心起来，又多了几分担忧：在这孩子短短的一生中，伦敦城带给他的只有痛苦，他会愿意回去吗？但这个问题没法避开，不得不问。于是，亨顿勒住缰绳，大声问道：“我都忘了问，我们接下来该去哪儿呢？请陛下明示。”

“去伦敦！”

亨顿满意地继续前进，其实心里吃了一惊。

这段旅程总的来说挺顺利，路上没遇到什么阻碍，但临近结束却出了点小问题。二月十九日晚上十点来钟的样子，他们上了伦敦桥。周围人声鼎沸，熙熙攘攘，火光映照出一张张醉醺醺的笑脸。就在这时，一颗已经快烂光的脑袋从门楼上滚了下来，它的主人以前大概是个公爵或者某位贵族。总之，它先是砸中亨顿的胳膊，接着骨碌碌滚到了行色匆匆的路人脚边。真是世事无常啊！先王亨利八世驾崩不过三周，国葬也不过是三天前，他从达官显贵中间精挑细选出来，给这座大桥做装饰的人头，就已经开始往下掉了。有个路人被那颗脑袋绊了一跤，一头撞上了前面的行人，那人回头把他撂倒在地，随后又被他的朋友揍了。一场街头大乱斗就这么拉开了帷幕。因为第二天就是加冕典礼，狂欢已经开始，每个人都喝得醉醺醺的，正愁满腔激情没处发泄呢。不出五分钟，混战就愈演愈烈，卷进了十几个人，波及了好几亩地，变成了一场大骚乱。这时，亨顿和小国王已经在吵吵闹闹、推推搡搡的人群中彻底走散了。这两个人的故事，我们暂且按下不表。

Chapter 30
汤姆进阶

当真国王衣衫褴褛，吃糠咽菜，被混混们讥讽嘲弄，跟小偷和杀人犯一起蹲大牢，被所有人喊成疯子、骗子的时候，假国王汤姆·康泰却过着完全不同的生活。

我们上一回提到他的时候，他已经瞥见了君王生活光明的一面。随着时间的推移，光明的一面越来越明显。没过多久，他的生活就变得阳光普照，幸福美满。他不再害怕，不再发愁，不再发窘，变得从容自信。他把挨鞭童看成是埋着宝藏的矿山，一直在充分挖掘，好好利用。

他觉得无聊了，就吩咐下人请伊丽莎白和简·格雷两位公主过来，等玩好了聊够了，再把她们打发走，一举一动泰然自若，仿佛他原本就是国王似的。两位公主告退时对他行吻手礼，他也不会尴尬发窘了。

他渐渐觉得晚上有人服侍就寝是种享受，也喜欢上了早晨烦琐严肃的着装仪式。有宫廷重臣和皇家卫兵组成浩浩荡荡的队伍，列队护送他前去用膳，让他既得意又开心。不仅如此，他还把皇家卫队的人数翻了一番，变成了百人卫队。他爱听号角声在长廊里回荡，更爱听远远传来的高喊“国王驾到”。

他甚至慢慢喜欢上了处理政务，不仅仅是当护国公的传声筒，而是实实在在为老百姓做点事。他喜欢接见各国大使和衣着华丽的随从，听他们传达别国国君的亲切问候，那些尊贵显赫的君主都跟他称兄道弟呢。噢，出身垃圾大院的汤姆·康泰简直太开心了！

他喜欢自己的奢华服饰，就下令又添置了一些。他觉得四百个仆人没法彰显自己的崇高地位，就把这个数字增加到三倍。卑躬屈膝的侍臣每天阿谀奉承，在他听来就像美妙的乐曲。不过，他还是那么善良仁慈，是所有受压迫者坚定的保护神，不懈地跟不公正的法律做斗争。有时候，只要他被惹火了，不管对方是伯爵还是公爵，他都会大发雷霆。只要他一个眼神甩过去，对方就会瑟瑟发抖。有一回，虔诚而残忍的玛丽公主，也就是他的“大王姐”，说他不该赦免那么多本该关进大牢、吊死或烧死的家伙，还说起他们令人敬畏的父王生前牢里一度关了六万人，在他值得敬佩的在位期间，一共处死了七万二千名小偷和强盗。汤姆听完怒不可遢，命令她马上回寝宫闭门思过，还祈求上帝收走她的铁石心肠，换上颗有血有肉的心。

难道汤姆·康泰就没担心过可怜的真王子吗？毕竟，真王子对他那么好，还跑出去责罚在宫门前欺负他的卫兵。当然不是了！进王宫的头几天，他日夜心如刀绞，牵挂失踪的王子，真心诚意盼他回来，恢复应有的身份地位。但日子一天天过去，王子一直没有回来，精彩的新生活渐渐占据了汤姆的脑海，失踪的小王子则慢慢消失了。最后，即使王子的身影偶尔闯进他的脑海，也成了个不受欢迎的幽灵，因为那只会让汤姆满心愧疚。

汤姆可怜的娘亲和姐姐也从他脑海里溜走了。起初，他还挂念她们，为她们伤心，盼着能再见到她们。可到了后来，一想到她们可能穿得破破烂烂，浑身脏兮兮的，跑上前来亲吻他，害他暴露身份，再把他拖下王位，拽回穷困潦倒的贫民窟，汤姆就不寒而栗。最后，她们的身影也消失了，他彻底甩开了烦恼，简直太满足，太开心了。否则，每当娘亲和姐姐悲伤的面孔浮现在眼前，汤姆就觉得自己比小蠕虫还要卑贱。

二月十九日半夜，汤姆躺在富丽堂皇的御榻上，在忠诚奴仆的守护下安然入睡。第二天，他就要正式加冕成为英国国王了。与此同时，真正的国王爱德华却挤在看热闹的人群里，又饿又累，浑身上下脏兮兮的，衣裳也给扯烂了——这是刚才那帮街头混混的杰作。人们都兴致勃勃，翘首以盼，看着工匠们在威斯敏斯特大教堂里进进出出，像蚂蚁一样忙个不停，为加冕典礼做最后的准备。

Chapter 31
加冕巡游

第二天一早，汤姆·康泰从睡梦中醒来，只听见四面八方人声鼎沸。这在他听来就像仙乐一般美妙，因为这意味着全国人民都发自内心地欢迎他。

不一会儿，汤姆就成了泰晤士河上御艇巡游的焦点。按照古老的习俗，穿越伦敦城的“加冕巡游”必须从伦敦塔出发。于是，他乘船朝着伦敦塔进发。

当他抵达伦敦塔的时候，那座庄严的堡垒像是突然炸开了似的，四面都窜出了鲜红的火舌和滚滚白烟，随后才传来惊天动地的礼炮声，把此起彼伏的欢呼声都给盖过去了。火舌、浓烟和轰鸣声接连出现，古老的堡垒不一会儿就消失在了烟雾中，只剩下高高的“白塔”塔顶隐约可见。只见塔顶彩旗飘扬，矗立在浓烟之上，仿佛冲破云雾的山巅。

汤姆·康泰盛装打扮，骑着一匹神气的战马；骏马同样盛装打扮，流苏都要拖到地上了；他“舅舅”护国公萨默塞特公爵紧随其后，也骑着一匹高头大马；皇家卫队盔明甲亮，排成两列，守护在国王左右；护国公身后是一长串衣饰精美的贵族，各自带着奴仆侍从；后面是市长大人和市府参事，身披猩红的天鹅绒长袍，胸前挂着华贵的金链；接下来是伦敦各大同业公会的成员，也都衣饰光鲜，打着代表各自行业的旗帜。巡游队伍里还有一支特殊的仪仗队，也就是古老的荣誉炮兵连——这支队伍当时已有三百年历史，是英国唯一不受议会号令的军队（直到今天都是如此）。队伍浩浩荡荡地穿过摩肩接踵的人群，一路上都是欢呼喝彩，场面极为壮观。

史官是这么记载的：“国王进城时，受到了百姓的热烈欢迎。人们又是祈福，又是高喊，又是欢呼，彰显了对君主的爱戴。国王向远处的群众颔首致意，又亲切问候近处的百姓，表示对各位臣民的感激。对祝他万寿无疆的人，他都表示感谢。对高呼‘天佑吾王’的人，他回答‘天佑吾民，谢谢大家’。听见国王亲切的回答，看见国王和蔼的态度，民众无不激动万分。”

在芬丘奇街上，有个“衣饰华丽的俊俏童子”站在台上，高声恭迎陛下进城。欢迎辞的最后一段是这样的：

万众一心，恭候吾王；

异口同声，喜迎圣驾；

心悦诚服，普天同庆；

天佑吾王，福寿安康。

人群中爆发出一阵欢呼，齐声重复最后几句。汤姆·康泰居高临下地望着人海中热切的脸孔，骄傲之情油然而生，觉得世上最有意义的事就是当上一国之君，成为万众偶像。就在这时，他远远看见了两个衣衫褴褛的身影。那是他以前在垃圾大院的小伙伴，一个是他虚幻朝廷里的海军大臣，另一个是他的首席侍寝官。看到他们，汤姆心里更得意了。噢，要是他们能认出他就好了！要是他们能认出他，发现在肮脏小巷里遭人嘲笑的假国王，如今竟然摇身一变成了真国王，显赫的公爵亲王是他谦卑的奴仆，整个英国的百姓都拜倒在他脚下，那该多光荣啊！但他不得不努力克制，把这种欲望压下去，因为要是真被认出来，后果会不堪设想。于是，他扭过头去，让两个脏小子继续大声赞颂，压根没意识到自己歌颂的是谁。

时不时有人高喊："给点赏钱吧！给点赏钱吧！"汤姆便抛出一把亮闪闪的钱币，笑吟吟地看着大家你争我夺。

史官是这么记载的："在恩典堂街的北端，展翅雄鹰的标志前，搭起了一座华丽的拱门，拱门下方搭起一座展台，横跨街道两侧。台上在重现历史场景，展出国王的直系祖先。约克家族的伊丽莎白公主坐在一朵巨大的白玫瑰当中，玫瑰花瓣组成了她精致华美的裙摆。她身边是亨利七世，坐在一朵巨大的红玫瑰中间。这对皇家夫妇手挽着手，手上的婚戒极为醒目。红白玫瑰中间抽出一枝花茎，伸向展台二层，台上站在亨利八世，从一朵红白相间的玫瑰中冒出来，身边是新国王的生母简·西摩的塑像。这对夫妇身上又抽出一枝花茎，伸向展台的第三层，上面是爱德华六世本人的塑像，盛装打扮，端坐王位，周围装点着红白玫瑰编成的花环。”

精美的展台让观众看得如痴如醉，阵阵喝彩声淹没了那俊俏童子的颂词。但汤姆·康泰一点儿也不觉得遗憾，因为在他听起来，这种忠君爱国的喧哗无论多么粗俗，都比最高贵雅致的颂词还要悦耳得多。不管汤姆欢乐的脸庞转向哪边，百姓都能看出塑像跟他本人一模一样，接着又爆发出雷鸣般的欢呼声。

浩浩荡荡的队伍继续前进，穿过一座座凯旋之门，经过一组组精彩展示，其中每一幕都在歌颂国王的某种美德、才能或功绩。“整条齐普赛街上，家家户户窗口都挂着旗帜和彩带，路头点缀着华丽的地毯、丝绒和织金锦缎，那都是街边店铺里的样品。这条街上的盛况空前，其他街上更是有过之而无不及。”

“这么多奇观，全是为了欢迎我啊！”汤姆·康泰喃喃自语。

假国王激动得满脸通红，眼睛发亮，简直要忘乎所以了。他正准备再抛出一把赏钱，就看见人群第二排探出一张苍白惊讶的面孔，两只眼睛直勾勾盯着他。他顿时慌了神——那是他妈妈！他马上抬起手来，掌心朝外，遮住了眼睛——那是个不自觉的小动作，源于一段早已忘却的记忆，是他改不了的旧习惯。那女人一转眼就冲出人群，冲破侍卫的阻拦，跑到他身边，紧紧搂住了他的一条腿，边亲边喊：“噢，我的孩子，我的小宝贝！”她抬头望向汤姆，脸上写满欢喜和慈爱，显得容光焕发。就在这时，一名皇家侍卫大骂着拽开了她，粗壮的胳膊一甩，把她推回了人堆里。当时，汤姆·康泰正嚷嚷着：“这女的谁啊？我不认得！”但见妈妈受了如此侮辱，汤姆心里很不是滋味。妈妈回头看了他最后一眼，就被汹涌的人海吞没了。她看起来那么难过、那么伤心，让他倍感愧疚，原先的得意之情烟消云散，偷来的王者威严也消失无踪。荣华富贵突然变得毫无意义，就像破衣裳一样从他肩头滑落。

巡游队伍继续前进，周围的景象越来越壮观，百姓的欢呼也越来越响亮。但在汤姆·康泰眼里，似乎一切都不存在了。他视而不见，听而不闻，国王的身份变得无趣极了，种种浮华虚饰也变成了无声的谴责。悔恨啃噬着他的内心。他的心中在呐喊："老天啊，救我出去吧！"不知不觉之中，他说出了刚进宫时常说的话。

浩浩荡荡的巡游队伍如同闪耀的长蛇，穿过蜿蜒曲折的古城小巷，经过欢声雷动的围观群众。骑在马背上的国王却垂头丧气，目光呆滞，眼前全是妈妈悲伤的面容。

"给点赏钱吧！给点赏钱吧！"身边高喊阵阵，汤姆却置若罔闻。

"英王爱德华万岁！"欢呼声惊天动地，小国王却毫无反应。在他听起来，那就像远处传来的涛声，全被另外一个声音淹没了。那个声音源于他的内心，源于他的良知，反反复复响起，让他越来越愧疚——"这女的谁啊？我不认得！"这句话沉甸甸压在他的心头，就像丧钟回荡在生者心中，提醒他们逝者的背叛。

每次转过街角，都有盛大的场面映入眼帘，礼炮齐鸣，百姓欢呼，但小国王还是无动于衷。他只能听见心底那个声音对自己的谴责。

没过多久，百姓的笑容渐渐消失，多了些关切或者焦虑，欢呼声也小了许多。护国公发现了情况异常，马上明白了是怎么回事，便策马来到国王身边，深深鞠了一躬，说道：“陛下，现在不是胡思乱想的时候。百姓见您垂头丧气，闷头不响，都觉得是不祥之兆。听微臣一句吧，一国之君就该阳光普照，驱散阴霾。抬起头来，笑一笑吧。”

说完，公爵就向两边抛出钱币，然后退回原位。假国王采纳了建议，勉强挤出了一丝笑容。那根本不是发自内心的笑容，不过其他人离得远，眼睛也没那么尖，所以都没看穿。汤姆冲百姓点头致意，帽子上的翎毛轻轻颤动，显得优雅而亲切。他抛出去的赏钱也相当慷慨，颇有皇家派头。于是，大家的担忧一扫而空，爆发出震耳欲聋的欢呼。

不过，巡游接近尾声的时候，公爵不得不再次策马上前，低声提醒：“噢，万民敬畏的国王陛下啊，请别再垂头丧气了，天下人都看着您呢！”接着，他又恼火地补了一句，“都怪那该死的疯婆子！都怪她搅了陛下的兴致。”

盛装打扮的小国王扭过头，目光呆滞地看着公爵，哑着嗓子说：“那是我娘啊！”

“上帝啊！”护国公策马退回原位，嘴里嘟囔着，“果然是不祥之兆！他又疯了！”

Chapter 32

加冕之日

让我们倒退几个钟头，回到加冕之日的凌晨四点，去瞧瞧威斯敏斯特大教堂。虽然天还没亮，但火把高照的楼座上已是人满为患。为了亲眼见证一辈子难得一见的盛典——国王加冕，他们宁可坐在那儿等上七八个钟头。没错，自从凌晨三点的预告礼炮响起，整个伦敦城和威斯敏斯特大教堂都骚动起来。没有爵位的富豪纷纷涌进为他们留出的专用通道。他们老早就花钱打通了关节，正努力寻找楼座上的席位。

时间过得很慢，简直是种煎熬。很快，所有的骚动都停止了，因为楼座上已经挤得满满当当。现在，我们可以坐下来，悠闲地四下打量了。借着大厅里昏暗的光线，我们可以看见楼座上的一部分，里面全都挤满了人，剩下的部分则被柱子和其他东西遮住了。放眼望去，只见教堂的整个北耳堂都空荡荡的，那是为英国的达官显贵留出的。宽敞的教坛上铺着华贵的地毯，国王的宝座就搁在中间，比平地高出四级台阶。宝座下面放着一块坑坑洼洼的大石头，那是著名的斯昆石，数代苏格兰国王都是坐在上面加冕的。时光荏苒，它成为了圣物，用于英王加冕。宝座和脚凳上都盖着织金锦缎。

教堂里一片寂静，火光昏暗，时间缓缓流逝。终于，曙光姗姗来迟，人们熄灭火把，柔和的阳光洒满了厅堂。这栋宏伟的建筑终于呈现在我们眼前，但仍然朦朦胧胧的，因为旭日还被薄雾笼罩着。

早晨七点，这沉闷的氛围终于被打破了。随着钟声响起，第一位贵妇人走进了耳堂。她的服饰极尽奢华，堪比所罗门王。一名身穿锦缎和天鹅绒制服的侍者将她引到指定席位，另一名身穿同样制服的侍者紧随其后，为她拎起长长的裙摆，等到她安然入座，才恭恭敬敬地把裙摆搁在她的膝头。然后，他按夫人的要求摆好脚凳，再把她的小冠冕搁在她顺手的地方。这么一来，等到国王加冕完毕，她才好跟其他贵族同时戴上冠冕。

随后，其他贵妇人也鱼贯而入，个个打扮得珠光宝气，令人目不暇接。身穿锦缎制服的侍者穿梭其间，侍候她们落座。现场顿时热闹起来，到处生气勃勃，色彩斑斓。过了一会儿，全场又安静下来，因为贵妇们全都各就各位，衣裙绚丽多彩，如鲜花般争奇斗艳，首饰熠熠生辉，如银河般令人目眩。其中有老有少：有面容枯槁、满脸皱纹、白发苍苍的贵族遗孀，她们还记得查理三世的加冕典礼，还有早已被人遗忘的动荡时光；有风韵犹存的中年贵妇，也有优雅端庄的年轻夫人；还有美丽温柔的年轻姑娘，星眸闪亮，面容娇艳，等到重要时刻到来，她们戴上镶满宝石的小冠冕时很可能会手忙脚乱，因为这对她们来说还是头一遭，太激动难免会出点差错。不过，这种事也许不会发生，因为她们的发型都经过精心打理，以便冠冕能够迅速对号入座。

我们看见了成群珠光宝气的贵妇，也看见了令人赞叹的场面，但最惊人的还在后面呢。大约九点的时候，突然云开雾散，一缕阳光穿透薄雾，照进室内，缓缓扫过一排排贵族仕女。阳光所到之处，仿佛燃起了五彩斑斓的焰火，那美妙的景象令人瞠目结舌。这时，一位来自东方遥远国度的特使，跟其他外国使节一起大步走来，正好穿过这缕阳光，顿时浑身流光溢彩，简直让人看得喘不过气来。因为他从头到脚都缀满了宝石，稍稍一动，浑身就会闪耀着跳跃的光点。

让我们暂时歇口气吧。时间过得无比缓慢——一个钟头，两个钟头，两个半钟头过去了，沉闷的礼炮声终于宣告了国王和巡游队伍的到来，等待已久的人们也都激动起来。大家都明白还得再等一会儿，因为国王还要做些准备，穿上加冕专用的礼服。不过，这个空当正好让衣冠楚楚的贵族入场。他们被引到各自的指定席位，冠冕也被搁在顺手的地方。与此同时，楼座上的观众都兴致勃勃，大多数人都是第一次见到这些爵位绵延五百多年的公爵、伯爵和男爵。等所有贵族都各就各位，楼座上的最佳位置也填满了，那真是令人难忘的景象。

接着，身披法袍、头戴法冠的主教和随从依次走上教坛，在指定的位置站好。紧随其后的是护国公和其他朝中重臣，最后是一名身披盔甲的皇家侍卫。

观众又等了一阵子，只听号角齐鸣，欢快的乐曲奏响，汤姆·康泰身披织金长袍，出现在一扇门前，接着缓缓走上教坛。全体起立，仪式正式开始。

紧接着，教堂里响起了神圣的赞美诗，汤姆·康泰伴随歌声被迎上了王位。在庄严肃穆的气氛中，古老的仪式继续进行，观众们无不屏息凝视。随着仪式逐渐接近尾声，汤姆的脸色越来越苍白，悲伤和沮丧渗入了他的灵魂，沉甸甸地压在心头。

终于进行到了仪式的最后一项。坎特伯雷大主教从软垫上捧起王冠，高高举起，悬在浑身颤抖的假国王头顶。与此同时，宽敞的南耳堂闪过一道五彩光芒，因为所有贵族同时举起了冠冕，悬在头顶上方，保持这个姿势不动。

教堂里顿时一片寂静。就在这重要时刻，一个幽灵般的黑影溜了进来，让所有人大吃一惊——大家都全神贯注，谁也没有发现他，直到他突然现身，沿着中央过道朝教坛走去。那是个男孩，没戴帽子，鞋袜破烂，衣衫褴褛。只见他庄严地举起一只手，跟那副寒酸的可怜相形成了鲜明对比，大声警告说："不许把王冠戴到那个骗子头上！朕才是国王！"

转眼之间，就有几个人怒不可遏地抓住了他。但与此同时，身穿皇家礼服的汤姆·康泰却迅速上前一步，高声说道："放开他，别乱来！他真是国王！"

现场顿时一片慌乱，人们从座位上直起身子，一脸茫然地大眼瞪小眼，然后紧紧盯着场上的两位主角，仿佛搞不清自己是梦是醒。护国公也跟其他人一样吃惊，但很快恢复了镇定，威严地大声命令："别听陛下的，他老毛病又犯了。抓住那个小叫花子！"

旁边的人刚要采取行动，汤姆突然使劲一跺脚，大吼一声："谁敢动手，后果自负！别碰他，他真是国王！"

打算抓人的手缩了回去，一时间教堂里没人动弹，也没人说话。确实，碰上这种意外情况，谁也不知该做些什么，又该说些什么。大家都在努力理清头绪的时候，那个男孩还在稳步向教坛走去。他从一开始就没停下过脚步，始终气质高贵，自信满满。大家还不知如何是好的时候，他已经走上了教坛，汤姆喜气洋洋地跑上前去，跪倒在他脚下，大声说："噢，国王陛下，请允许小叫花汤姆·康泰头一个向您宣誓效忠。请戴上王冠，重登王位吧！"

护国公瞄了一眼刚闯进来的孩子，严厉的表情瞬间化为了惊讶。朝中其他重臣也是一样。他们大眼瞪小眼，吓得直往后退。每个人都在想："太怪了，这两人长得真像啊！"

护国公沉思了片刻，接着毕恭毕敬地对男孩说："恕我冒昧，可以问几个问题吗……"

"大人，我会一一作答的。"

公爵提了好多关于朝廷、先王、王子和公主的问题，男孩都对答如流，无一错漏。他细细描绘了宫里的厅堂，还有先王和威尔士亲王的寝宫。

这事太古怪，太神奇，太难以解释了——听到这番问答的人都这么说。眼看形势有了变化，汤姆·康泰心头燃起了希望。但这时，护国公却摇了摇头："他说的都对，确实挺神奇，但国王陛下也说得出来。"既然他这么说，还把汤姆称为“国王”，汤姆·康泰不禁大失所望，感觉希望顿时破灭了。“这些都证明不了什么。”护国公又补了一句。

形势顿时骤变，可惜转错了方向。可怜的汤姆·康泰被认定是国王，其他可能性都不予考虑。护国公沉思片刻，摇了摇头，心中暗想：“这事要是不查个水落石出，会危及我们所有人乃至国家社稷，可能导致国家分裂，王权难保。”于是，他转身大喝一声：“托马斯爵士，抓住这个——不，等等！”他眼前一亮，又向破衣烂衫的男孩提了个问题：“玉玺在哪？你要能答对这个，就没问题了。这只有威尔士亲王答得出！此事关乎王权社稷！”

这是他灵机一动想到的。大臣们彼此对视，心中暗暗叫好。没错，除了真正的王子，谁也没法解开玉玺失踪之谜。这个小骗子事先准备得不错，但这回总要摔跟头了吧，因为指点他的人也答不出这个问题——哈，真棒，太棒了！我们很快就能解开谜题，脱离险境了！大家都得意洋洋，点头微笑，等着看那傻小子目瞪口呆，低头认罪。可让他们大为震惊的是，这种事并没有发生。男孩毫不犹豫地开了口，从容自信地答道：“这个简单。”接着，他毫不客气地转身下令，一副惯于发号施令的模样，“圣约翰爵士，去朕的寝宫——谁也没你熟悉那儿——通往前厅的大门左边墙角，靠近地板的位置，有个黄铜钉子。你按一下，就会弹出一只小首饰盒。这个连你也不知道，世上只有朕和帮朕设计的工匠知道。你一眼就能看到玉玺——把它拿过来。”

在场众人听了这番话都惊讶万分，搞不清这个小叫花子怎么能毫不犹豫、正确无误地指出那位贵族，还能镇定自若地直呼其名，就像老早就认识他似的。圣约翰爵士大吃一惊，差点就要服从命令了。他甚至动了一下，像是要转身离开。不过，他马上恢复了镇定，意识到自己的鲁莽，不禁涨红了脸。汤姆·康泰扭头盯着他，厉声说：“你还等什么呢？没听到国王下令了？快去！”

圣约翰爵士深深鞠了一躬——明眼人都看得出，这一躬鞠得极其慎重，不偏不倚，不是冲着任何一位“国王”，而是冲着两人当中的空地——然后才恭恭敬敬地退下。

接下来，那群衣冠楚楚的大臣开始慢慢移动，虽然几乎瞧不出，但其实一直在动，就像一只缓缓转动的万花筒，里面的碎片先是分散开来，然后又聚在一起。原本站在汤姆·康泰周围的人渐渐散开，在那个不速之客周围重新聚拢。

汤姆·康泰几乎是孤零零一个人了。接下来是一阵短暂的等待。在此期间，就连还留在汤姆身边的几个胆小鬼也鼓起勇气，一个接一个溜去了人多的那一边。最后，身穿皇家礼服、浑身珠光宝气的汤姆·康泰成了真正的“孤家寡人”。他身边空出了一大块，显得格外醒目。

这时，圣约翰爵士回来了。他沿着长长的过道向前走来，教堂里的窃窃私语戛然而止，大家就连大气也不敢出了。一片寂静之中，他的步伐激起了沉闷的回声。只见他一步步走来，所有人都目不转睛地盯着他。只见他走到教坛之下，稍一迟疑，然后朝汤姆·康泰深鞠一躬，说道：“陛下，玉玺不在那儿！”

群臣无不脸色苍白，惊恐万状，马上从自诩国王的脏小子身边逃开，对那男孩比瘟疫病人还避之不及。有好一阵子，男孩孤零零地站在那儿，无依无靠，没人支持，无数人向他投去鄙夷愤怒的目光。护国公大吼一声：“把这小叫花子拖出去，抽鞭子游街——别理会这小混混了！”

侍卫急忙上前执行命令，但汤姆·康泰立刻挥手制止：“退下！谁也不许碰他，违令者死！”

护国公简直一头雾水，只好问圣约翰爵士：“你仔细找过了？——唉，问你也没用。这事太怪了！要是件小东西，小零碎，不小心弄丢了，也没人会奇怪，没人会在意。但英国的玉玺那么大的东西，怎么可能突然消失，一点儿线索都没留下?、那么一块大金饼……”

汤姆·康泰眼睛一亮，冲上前大声说：“等等，我知道了！是不是圆圆的，厚厚的，上面刻了字还有花纹？对吧？噢，我总算明白了，你们找得鸡飞狗跳的玉玺，原来就是那玩意儿呀！要是你们早说它长成什么样，三个礼拜之前就能拿到了。我知道它在哪儿，但刚开始不是我放在那儿的。”

“陛下，那是谁放的？”护国公问。

“放的人就站在那儿——他才是真正的国王。他会亲口告诉你的，然后你就会信他了。国王陛下，请好好想想，好好回想一下。那天，您穿着我的破衣裳，跑出去教训那个欺负我的卫兵，跑出去之前做的最后一件事是什么？”

接下来又是一阵沉默，没有人动弹，也没有人吭声，所有人都盯着那个不速之客。只见他低头站在那儿，眉头紧锁，在一大堆毫无价值的记忆中拼命搜索，想要挖出那件早已记不清的琐碎小事。要是能找出来，他就能重登王位；要是找不出来，他就得当一辈子流浪儿和小叫花了。时间一点一滴地流逝，一晃就过去了好几分钟，他沉默不语，拼命回想，但什么也想不起来。最后，他长叹了一声，慢慢摇了摇头，嘴唇颤抖着说：“朕回想了当时发生的事，前前后后全都想过了，但就是想不起玉玺放在哪儿了。”他停了下来，抬起头，气质高贵而温和地说：“各位大人，如果你们因为国王拿不出证据，就剥夺他合法的继承权，朕也无话可说，可是……”

“噢，国王陛下，别这么说！”汤姆·康泰慌慌张张地大喊，“等等！想想呀，别放弃！事情还没完呢！您听我说，仔仔细细听我说呀，我会把那天早上的事原原本本说一遍。我们先聊了一会儿天，我跟您说起了我的两个姐姐，南儿和贝蒂——啊，没错，您还记得！我还说起了我奶奶，还有垃圾大院的孩子爱玩的游戏——对，您也还记得！棒极了，接着听我说呀，您会想起来的。您给我准备了吃的喝的，还很有风度地让仆人出去，免得出身低微的小人在他们面前出丑——啊，这个您也还记得呢。”

汤姆细细描述了当时的情况，那个男孩时不时点头认可，在场众人都一头雾水地盯着他们俩。这故事听起来不像假的，但王子和小叫花怎么会搅到一起？所有人都迷惑不解，目瞪口呆，但又兴致勃勃。

“国王陛下，我们为了好玩，就换了衣裳。后来，我们往镜子前面一站，发现我们俩长得好像。我们都说，就像跟没换衣服似的——没错，您还记得呢！后来，您发现卫兵弄伤了我的手——喏！就是这儿！指头现在还僵着呢，害得我都写不了字。您一见就跳起来了，说要替我报仇，就跑出去了。您经过一张桌子，你们叫作‘玉玺’的那玩意儿就搁在桌上，您把它拿起来，到处看了看，像是在找藏东西的地方。然后，您看见了……"

"行了，够了！感谢上帝！"破衣烂衫的男孩激动万分，大声嚷嚷起来，"圣约翰爵士，快去，玉玺就在墙上挂的盔甲护臂里！"

"没错，国王陛下！没错！"汤姆·康泰大声说，"现在，英国王位是您的了！谁也没话可说了吧？快去，圣约翰爵士，赶紧去！"

全场所有人都站了起来，惴惴不安，激动不已，简直都要发疯了。教坛上下议论纷纷，吵得要命。有好一阵子，大家不是扯着嗓子冲旁边的人大吼，就是听旁边的人冲自己大叫，除此之外什么也听不清，什么也不在乎。所有人都忘了时间。不知过了多久，当圣约翰爵士登上教坛，将玉玺高高举起，大厅里才安静下来。接着，众人齐声高呼："真命天子万岁！"

全场欢声雷动，鼓乐齐鸣，经久不息。白手帕漫天挥舞，仿佛刮起了一阵旋风。破衣烂衫的男孩红光满面，喜气洋洋，成了全英国最受瞩目的人物。他站在宽敞的教坛中央，达官显贵跪了一地。

所有人都起身后，汤姆·康泰大声说："噢，国王陛下，请换上这身皇家礼服，把破衣裳还给您卑微的仆人汤姆吧。”

护国公大吼：“把这小混混扒光了，关进伦敦塔！”

但新国王——也是真正的国王——开口说道：“朕不同意！如果没有他，朕怎么可能坐回王位？谁也不许动他一根毫毛。至于您嘛，我亲爱的舅舅，护国公大人，您对这个可怜的小家伙也太忘恩负义了，朕可听说他封您为公爵了呢。”护国公顿时老脸通红。小国王继续说道：“不过，他不是真国王，那您的头衔还算不算数？明天您再重新向朕申请吧，但得通过他向朕申请。不然，您可当不了公爵，只好继续当伯爵了。”

萨默塞特公爵被这么奚落了一番，暂时偃旗息鼓了。小国王转身看着汤姆，亲切地问：“可怜的小家伙，朕自己都忘了玉玺放在哪儿了，你怎么还记得？”

“啊，国王陛下，其实挺简单。我拿来用了好几天呢。”

“你拿来用了，那怎么不告诉他们？”

“我又不知他们找的是那个玩意儿。陛下明鉴，他们又没说它长什么样子。”

“那你拿它做什么了？”

汤姆马上涨红了脸，低下头，一声不吭。

“说吧，小子，别怕。”国王追问，“你拿英国的玉玺做什么了？”

汤姆一时间不知所措，过了好半天才结结巴巴地说：“砸核桃！”

可怜的小家伙话音刚落，周围就爆发出惊天动地的笑声，吓得他差点跌了跟头。要是有人还怀疑汤姆才是英国国王，颇有王室风范，那这个回答就彻底打消了所有顾虑。

这时，汤姆脱下雍容华贵的皇家礼服，披在国王肩头，正好遮住了那身破衣烂衫。加冕仪式继续进行，真正的国王被涂了圣油，戴上王冠。震耳欲聋的礼炮声将这个喜讯传遍全城，整个伦敦城都欢声雷动，欢呼声惊天动地。

Chapter 33

英王爱德华

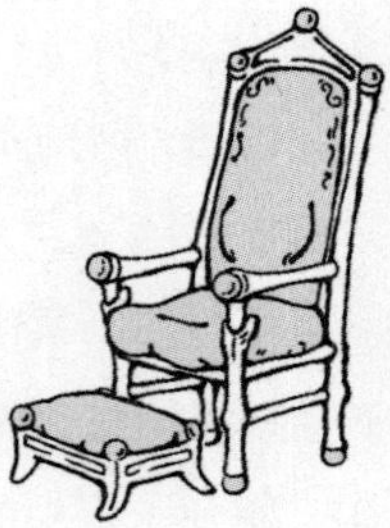

卷进伦敦桥上的大乱斗之前，迈尔斯·亨顿就已经够惨的了。等他好不容易挣脱出来，模样更是狼狈不堪。他上桥之前身上就没几个钱，挤出人群后则是身无分文。扒手把他仅剩的几个铜板都摸走了。但只要能把男孩找回来，他才不在乎那几个小钱呢。他当过兵，有见识，所以没像没头苍蝇似的乱撞，而是首先制定作战计划。

那男孩跟他走散后会怎么办？会去哪儿？迈尔斯觉得，他肯定会回老家去。因为不管是不是疯子，一个人只要没地方可去，第一反应都是跑回老家。但他的老家在哪儿呢？他穿得破破烂烂，加上那个无赖自称是他老爹，显然他家在伦敦最穷最乱的一片。找他会很费事，要花很多工夫吗？不会的，应该会很简单，花不了多少工夫。他不用特地去找那个孩子，只要找人扎堆的地方就行了。他早晚会在人堆里发现那个可怜的小家伙。他准会跟平常一样说自己是国王，那些街头混混则会缠着他不放，惹他发火找乐子。迈尔斯·亨顿便会冲上前去，打断那些人的狗腿，救出小家伙，然后好好安慰他，让他重展笑颜，以后再也不跟他分开了。

于是，迈尔斯就这样展开了搜寻。他匆匆穿过偏僻的小巷和肮脏的街道，在人堆和人群里找来找去。好几个钟头过去了，他发现到处人山人海，男孩却踪迹全无。他很惊讶，但没有放弃。他觉得自己的计划没问题，只是没算好时间——他本以为一会儿就能搞定，没想到用了这么久。

等到天亮的时候，他已经走了好几英里路，找了好些个人堆，但唯一的收获是筋疲力尽，又饿又困。他想吃点东西，但实在弄不到吃的。讨饭他压根不会考虑，当掉长剑相当于抛弃尊严，卖掉几件衣服倒是可以，但那些破衣烂衫谁肯买呢?

直到大中午，他还在继续游荡，混在跟随巡游队伍的人群里。他认定，那小疯子肯定会对这种大场面感兴趣。他跟着巡游队伍，在伦敦的大街小巷里绕来绕去，一直走到了威斯敏斯特宫和大教堂。他在看热闹的人群里找了半天，直到疲惫不堪，才钻了出去。他又陷入了沉思，觉得计划该改改了。过了好一阵子，他才回过神来，发现天色已晚，城市也被远远抛在了身后。他已经来到了乡下，靠近泰晤士河边。那是有钱人家的乡间庄园，才不欢迎像他这样衣衫褴褛的家伙呢。

还好天气倒不冷，他就靠在树篱下面，边休息边想心事。倦意渐渐涌上来，远处传来的礼炮声刚好飘进他的耳朵。他只嘟囔了一句“新王加冕了”，就沉沉睡了过去。他已经三十多个钟头不眠不休了，结果这一觉就睡到了快第二天中午。

等他爬起来，才发现浑身僵硬，肚子咕咕直叫，腿脚也不听使唤。他走到河边洗了把脸，又舀了几捧水填肚皮，然后艰难地朝威斯敏斯特宫走去，边走边抱怨自己怎么浪费了这么多时间。咕咕叫的肚子让他想出了一个新点子。他打算先去找汉弗莱·马洛老爵士，跟他说明情况，先借点钱，然后再……目前来看，计划到这一步就够了。等第一步顺利达成，再做打算也不迟。

快十一点的时候，他走到了王宫附近。虽然有许多衣饰光鲜的人跟他往同一个方向走，但他那身破衣裳格外显眼。他仔细打量身边的人，希望能找到一张善意的面孔，愿意帮他给老长官报个信。至于自己混进宫里，那是想也别想了。

不久，国王的挨鞭童跟他擦肩而过，随后转过身，仔细打量了他一番，心中暗想："他要不是陛下急着找的那个流浪汉，我就是个大笨蛋——当然了，我之前也犯过傻。他的模样和打扮跟陛下形容的一模一样。要是上帝造出两个一模一样的家伙，那可真是太浪费了。我得找个借口，跟他搭句话。"

迈尔斯·亨顿帮他省下了这个麻烦。毕竟，如果有人跟在你后头，目不转睛地盯着你瞧，只要是个人都会转过身的。迈尔斯转过身来，见那孩子两眼放光，显然对自己挺感兴趣，就上前问道："我看你刚从宫里出来，是宫里当差的吗？"

"是的，大人。"

"那你认得汉弗莱·马洛爵士吗？"

男孩吓了一跳，心想："老天爷啊，那不是我过世的老爹嘛！"于是，他大声回答，"认得，还很熟呢，大人。"

"太好了！他在里面吗？"

"在的，"男孩嘴上这么说，心里补了一句，"在棺材里。"

"能请你帮忙通报一声，就说我想跟他说句话吗？"

"很乐意为您效劳，大人。"

"就说理查德爵士之子迈尔斯·亨顿在外面。太谢谢你了，好心的小家伙。”

男孩看起来有些失望。“陛下不是这么喊他的呀。”他心想，“不过不要紧，这大概是他的双胞胎兄弟吧，准能给陛下带去那个某某爵士的消息。”于是，他对迈尔斯说：“先生，您先进里面等一下，我去去就来。”

亨顿便走进了男孩指的地方。那是宫墙一处凹进去的地方，里面摆了条长长的石凳，遇上天气不好的时候，能给哨兵遮个风挡个雨。他刚坐下，就有一名军官带着几个持戟的卫兵经过。军官看见他，就让卫兵停下，命令亨顿出来。军官见他在王宫附近晃荡，看起来挺可疑，就下令逮捕了他。情况不妙，可怜的迈尔斯想要解释，但军官粗暴地叫他闭嘴，又命令手下对他缴械搜身。

“老天慈悲，希望他们能找出点东西来，”可怜的迈尔斯嘟囔着，“我早就找过了，什么也没有，我可比他们更需要找出点东西呢。”

结果当然是什么也没有，只有一封信。军官一把撕开，亨顿这才想起，那是失踪的小家伙在亨顿庄园里的“鬼画符”，忍不住笑了起来。军官念了英文写的那一段，脸色越来越阴沉。迈尔斯在旁边听着，更是吓得脸色苍白。

“又来一个讨王位的！”军官大喝一声，“今天这种人咋这么多？抓住这个混蛋，看好了，我去把信交给陛下。”

说完，他就匆匆离开了，留下持戟的卫兵守着犯人。

“我的霉运终于要到头了，”亨顿嘟囔着，“就凭这封信，我也得没命。唉，那可怜的小家伙可怎么办啊？老天仁慈，保佑他吧。”

不一会儿，军官就匆匆忙忙地赶了回来。亨顿鼓起勇气，准备以男子汉气概接受命运的安排。没想到，军官命令手下放开他，把长剑还给他，又恭恭敬敬地鞠了一躬，说道：“大人，请随我来。”

亨顿跟在他后面，咬牙切齿地想：“要不是我马上就没命了，要接受上帝的审判，不能再造孽了，准把这个捉弄人的混蛋掐死。”

两人穿过人满为患的宫中庭院，来到王宫大门口。军官又对亨顿鞠了一躬，就把他交给一名衣装华丽的侍臣，那人毕恭毕敬地领他穿过一间大厅，大厅两旁站着一排排穿制服的仆人。（两人经过的时候，他们恭恭敬敬地行礼，但破衣烂衫的亨顿刚转过身，他们就忍不住捂嘴偷笑起来。）接着，两人跟众多衣饰光鲜的人一道，走上一段宽宽的楼梯，最后走进了一个大房间。里面挤满了全英国的达官显贵，侍臣在前面给亨顿开路，然后鞠了一躬，提醒他摘下帽子。于是，亨顿孤零零一个人站在房间中央，成了所有人关注的焦点。许多人不满地皱起了眉头，也有不少人露出了讥讽的笑容。

迈尔斯·亨顿完全不知所措了。小国王坐在华盖底下，离他不过五步之遥，正歪着头跟一个打扮得活像只极乐鸟的家伙说话，那大概是位公爵。亨顿心想，自己年纪轻轻就要送命了，这就已经够惨的了，没想到还要当众受辱。他只希望国王赶紧做个了断，因为旁边有些衣装华贵的家伙已经让他很不耐烦了。就在这时，国王微微抬起头来，亨顿刚好看见了他的脸，顿时瞠目结舌。他惊恐地盯着那张英俊的脸庞，不禁脱口而出："哎，空想王国的小国王怎么坐上王位了？"

他又一头雾水地嘀咕了几句，惊讶得喘不过气来，两只眼睛紧紧盯着国王。接着，他四下张望，目光扫过衣装华贵的人群和富丽堂皇的厅堂，嘴里嘟囔着："但这些都是真的啊，确确实实都是真的啊，我肯定不是做梦。"

他继续瞪着国王瞧，心想："到底是不是做梦啊？他到底是英国国王，还是我觉得无依无靠的小疯子？谁能告诉我到底怎么一回事呀？"

他突然灵机一动，大步走到墙边，拖过一把椅子，摆在大厅中间，一屁股坐了下去！

顿时群情激愤，有人粗暴地一把抓住他，厉声呵斥：“快起来，你这没礼貌的乡巴佬！陛下面前竟敢如此放肆？”

这番骚乱引起了国王的关注，他立刻伸手喝止：“别动他，他有权坐下！”

大家都目瞪口呆，纷纷退了回去。国王接着说：“听好了，女士们，先生们，各位大人，这位是朕最信任的仆人迈尔斯·亨顿。他拔剑相助，让朕免受皮肉之苦，还救了朕一命。为此，朕封他为骑士。除此之外，他还立了大功，替朕挨了鞭子，让他的国王免受侮辱。为此，朕封他为贵族——肯特伯爵，还要赐给他符合身份的金钱和封地。另外，他刚刚行使的特权也是朕恩准的。朕特许他的子孙后代可在英王面前落座，只要王权存续，此项特权不改。别去打扰他。”

现场有两个人刚刚进宫不久。他们一早从乡下出发，因为路上耽搁了，五分钟前才走进这间大厅。这两位姗姗来迟的客人听了这番话，先看了看国王，又瞧了瞧破衣烂衫的亨顿，接着又看了看国王，彻底愣住了。这两人就是休爵士和伊迪丝夫人。不过，新册封的伯爵没看见他们，还失魂落魄地盯着国王，嘴里不停地嘟囔：“噢，老天啊！他真是我的小叫花子，我的小疯子啊！我还想跟他炫耀有七十间屋子和二十七个仆人的宅子呢！我还当他这辈子都没穿过好衣服，挨打挨骂是家常便饭，成天只能吃糠咽菜呢！我还想收养他，让他以后出人头地呢！老天啊，我干脆挖个洞钻进去得了！”

这时，亨顿突然想起了应有的礼数，立刻双膝跪地，向国王伸出双手，宣誓效忠，拜谢封赏。随后，他站起身来，恭恭敬敬地站在一旁，又成了众人关注的焦点，也成了所有人艳羡的对象。

这时，国王一眼看见了休爵士，顿时怒火中烧，愤慨地大吼：“剥了那个强盗的伪装，没收他偷来的家产，把他丢进大牢，等朕有空再跟他慢慢算账。”

休爵士就这么被押了下去。

这时，大厅的另一头又有了动静。人潮向两旁分开，汤姆·康泰一身华服，由皇家礼宾官在前方引路，穿过两道人墙走上前来，跪倒在国王跟前。国王开口了：“朕听说了过去几个礼拜发生的事，对你非常满意。你以君王的仁慈和宽容，把国家治理得井井有条。你找到你娘和两个姐姐了吗？好，她们会得到妥善照顾的。至于你爹，如果你同意，法律也允许的话，朕决定判他绞刑。诸位听好了，从今往后，那些住在基督公学里享受国王恩惠的孩子，不但要吃饱穿暖，还要滋养心灵。这个孩子以后就住在那里，终身担任该校的首席管理员。他既然当过国王，就该有特殊待遇。他现在穿的这套礼服，只有他一个人能穿，其他任何人不得仿制。不管他走到哪里，这套礼服都会提醒大家，他以前当过国王。任何人都不可对他不敬，所有人见他必须行礼。他享有朕的庇护和王室俸禄，另赐称号‘受国王保护之人’，今后所有人都要这么称呼他。”

汤姆·康泰喜气洋洋，骄傲地站起身来，对国王行了吻手礼，然后就躬身告退了。他一点儿时间也没浪费，马上冲出去找妈妈，要把事情经过统统告诉她、南儿和贝蒂，跟她们分享这个天大的好消息。

Conclusion

善恶皆有报

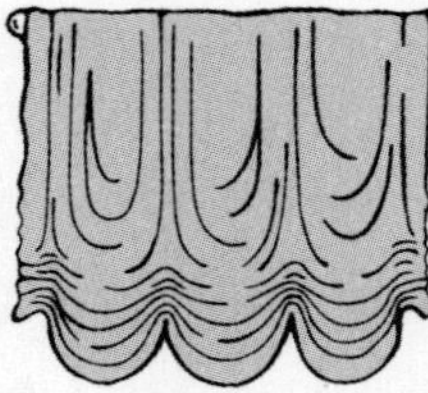

休·亨顿从实招来，揭开了谜底。原来那天在亨顿庄园，伊迪丝夫人是迫于丈夫的淫威，才一口咬定不认得迈尔斯的。休恐吓她说，如果她不这么说，就要她的小命。伊迪丝的回答是：“要杀便杀！”她一点儿也不在乎自己的性命，就是不肯指认迈尔斯是冒名顶替的。于是，她丈夫改了口，说可以饶她不死，但要派人暗杀迈尔斯。这可就是另外一回事了。她无奈答应了丈夫的要求，而且遵守了诺言。

休没有因为胁迫妻子或霸占哥哥的财产爵位受到指控，因为他妻子和哥哥都不愿意出庭指控他——就算伊迪丝夫人想这么做，也不会被允许的。后来，休抛下妻子，去了欧洲，很快命丧他乡。不久，肯特伯爵就娶了他的遗孀。这对夫妇第一次回到亨顿庄园的时候，村里大肆庆祝了一番。

汤姆·康泰的老爹从此音讯全无。

国王找到了那个脸上打了烙印、被卖为奴隶的庄稼汉，把他救出了贼帮。他从此脱离罪恶生涯，过上了舒服的小日子。

他让那位老律师恢复了自由，还退还了他缴纳的罚金。他安顿好了那两个被烧死的浸礼会女教徒的女儿，又责罚了那个毫无理由把迈尔斯抽得血肉模糊的官员。

他救下了那个捉猎鹰的男孩和偷了织布匠一点儿布的女人，让他们免于绞刑；他本想搭救那个在皇家猎场里打鹿的男人，可惜为时已晚。

国王被冤枉偷烤乳猪的时候，那位对他宽容大量的好心法官得到了重赏。后来，那位法官越来越受人尊重，成了一位德高望重的大人物。

国王在有生之年都爱讲自己的冒险经历。他会把整个故事从头说到尾，从门卫一巴掌把他扇出宫门说起，一直说到加冕前一天的半夜，他是怎么巧妙地混在一群忙碌的工人里，溜进大教堂，藏在“忏悔者”英王爱德华的墓里，一觉睡到了第二天，差点错过加冕仪式。他说，重温这宝贵的一课，让他下定决心吸取教训，为老百姓谋福利。所以，他只要活着一天，就会把这个故事说下去，让悲惨的场景在脑中永不褪色，让怜悯的甘泉在心底永不枯竭。

在国王短暂的在位期内，迈尔斯·亨顿和汤姆·康泰一直是他最信赖的手下。国王去世后，他们俩也是最难过的人。善良的肯特伯爵非常睿智，没有滥用自己的特权。除了前面提到的那一次，他在去世前只用过两次。一次是在玛丽女王登基的时候，一次是在伊丽莎白女王登基的时候。他的一个后代在詹姆斯一世登基的时候也用过一次。等那个人的儿子再次动用这一特权的时候，已经是近二十五年之后了。那时，大多数人都不记得还有“肯特家族特权”了。因此，当肯特伯爵在宫中觐见查理一世，行使家族代代相传的特权，在国王面前落座时，还引起了很大的骚动！不过，在解释清楚以后，这个特权得到了认可。最后一任肯特伯爵在共和国时期为国王出征，不幸战死沙场，这个奇怪的特权就此画上了句号。

汤姆·康泰活了很大年纪，成了个满头银发、潇洒慈祥的老人。他一辈子受人尊重，因为他那身抢眼的服装总在提醒大家“他以前当过国王”。不管他走到哪里，人们都会为他让路，彼此低声提醒：“快脱帽，他是受国王保护的人！”人们向他致敬，他也报以亲切的微笑。因为他那段光辉的历史，人们都很珍视他的笑容。

是的，英王爱德华六世年纪轻轻就不幸夭折了。但这个可怜的孩子一辈子过得很有意义。不止一次，某位达官显贵或朝廷重臣抗议他太过仁慈，说他要修改的某条法律已经够宽大了，带来的那点痛苦或压迫谁都不会介意。每当这个时候，年轻的国王就会盯着那个人，眼神中充满怜悯和悲伤，说道："你懂什么叫痛苦，什么叫压迫？我和百姓懂得，你根本不懂！"

在那个严刑峻法的年代，爱德华六世在位期间的法律特别宽大仁慈。现在，他的故事即将落下帷幕，让我们牢牢记住这一点，记住他的丰功伟绩。

［全书完］

马克·吐温（Mark Twain，1835年11月30日—1910年4月21日）

美国作家。
本名萨缪尔·兰亨·克莱门（Samuel Langhorne Clemens），
马克·吐温是他最常用的笔名。

1835年11月30日出生于美国密苏里州的佛罗里达村，做过排字工、印刷工、轮船领航员、矿工、记者等工作。
一生创作了大量的小说、散文、诗歌作品，包括《竞选州长》《王子与贫儿》《汤姆·索亚历险记》《哈克贝利·芬历险记》等。
1910年4月21日去世，葬在纽约州的埃尔迈拉市。

王子与贫儿

产品经理 | 孙　谆　　技术编辑 | 白咏明
装帧设计 | 祝　牙　　出 品 人 | 吴　畏

图书在版编目（CIP）数据

王子与贫儿 / (美) 马克·吐温著；王岑卉译. --
天津：天津人民出版社，2018.1（2019.10重印）
ISBN 978-7-201-12782-8

Ⅰ. ①王… Ⅱ. ①马… ②王… Ⅲ. ①长篇小说—美国—近代 Ⅳ. ①I712.44

中国版本图书馆CIP数据核字(2017)第309987号

王子与贫儿
WANGZI YU PINER

出　　版　天津人民出版社
出 版 人　刘　庆
地　　址　天津市和平区西康路35号康岳大厦
邮政编码　300051
邮购电话　022-23332469
网　　址　http://www.tjrmcbs.com
电子信箱　reader@tjrmcbs.com

责任编辑　金晓芸
特约编辑　秦晓华
产品经理　孙　谆
装帧设计　祝　牙

制版印刷　天津丰富彩艺印刷有限公司
经　　销　新华书店
发　　行　果麦文化传媒股份有限公司
开　　本　787×1092毫米　1/32
印　　张　8.25
印　　数　24,001-29,000
插　　页　2
字　　数　139千字
版次印次　2018年1月第1版　2019年10月第5次印刷
定　　价　32.00元